U0871377

春田狐

〔加〕欧内斯特·西顿◎著　庞　冬◎译

中国妇女出版社

图书在版编目（CIP）数据

春田狐 /（加）欧内斯特·西顿（Ernest Seton）著；庞冬译. -- 北京 ：中国妇女出版社，2019.3
（全世界孩子都喜爱的动物故事）
ISBN 978-7-5127-1601-8

Ⅰ.①春… Ⅱ.①欧…②庞… Ⅲ.①儿童故事－作品集－加拿大－现代 Ⅳ.①I711.85

中国版本图书馆CIP数据核字（2018）第114253号

春田狐

作　　者：〔加〕欧内斯特·西顿 著 庞冬 译
责任编辑：陈元
封面设计：尚世视觉
责任印制：王卫东
出版发行：中国妇女出版社
地　　址：北京市东城区史家胡同甲24号　　邮政编码：100010
电　　话：（010）65133160（发行部）　　65133161（邮购）
网　　址：www.womenbooks.cn
法律顾问：北京市道可特律师事务所
经　　销：各地新华书店
印　　刷：三河市祥达印刷包装有限公司
开　　本：150×215　1/16
印　　张：9.75
字　　数：100千字
版　　次：2019年3月第1版
印　　次：2019年3月第1次
书　　号：ISBN 978-7-5127-1601-8
定　　价：29.80元

版权所有·侵权必究　（如有印装错误，请与发行部联系）

趣味性十足，一步一步激发孩子的
阅读兴趣，让孩子爱上阅读。

7 Days

《春田狐》
7天打卡
阅读手账

中国妇女出版社

使用说明

1 养成阅读习惯，7天读完一本书

养成良好的阅读习惯可以让孩子受益终身。如何让孩子养成阅读习惯？阅读专家研究发现，坚持做到下面这些事情，可以帮助孩子养成阅读习惯，爱上阅读：

- ☑ 无论去哪里都带上一本书；
- ☑ 制订阅读计划，并坚持执行；
- ☑ 每天安排固定的阅读时间；
- ☑ 坚持做阅读笔记；
- ☑ 梳理阅读内容线索，绘制故事思维导图。

本套丛书通过“7天读完一本书”的任务设置，引导孩子学会制订阅读计划，完成任务打卡，在每日的坚持中爱上阅读。

2 养成做阅读笔记的习惯，阅读后有思考

在7天的阅读任务卡中，可以摘抄书中的好词好句，还可以记录下自己的思考。

3 为书中的故事绘制思维导图

思维导图是一种很好的图形工具。清晰可见的图示可以帮助孩子记重点、整理思路等，训练孩子的思维能力、阅读能力和语言表达能力。小读者们可以在读完一本书后确定一个主题，为书中的故事绘制思维导图。

阅读记录

春田狐

读完后请签字：________________

银狐多米诺

读完后请签字：________________

出发！去追踪狐狸

读完后请签字：________________

北极狐的传奇故事

读完后请签字：________________

第　天　月　日

阅读心得：　　　　阅读页码

好词好句摘抄：

第　天　月　日

阅读心得：　阅读页码

好词好句摘抄：

第　天　月　日

阅读心得：　　阅读页码

好词好句摘抄：

第　天　月　日

阅读心得：　　阅读页码

好词好句摘抄：

第　天　月　日

阅读心得：　　阅读页码

好词好句摘抄：

第 天 月 日

阅读心得：

阅读页码

好词好句摘抄：

第　天　月　日

阅读心得：　　　　　　阅读页码

好词好句摘抄：

阅读完这本书，你有什么收获？

请选取其中一个故事，根据故事情节发展，练习绘制思维导图。

绘制思维导图的方法

第一步：在纸张的正中间画出中心主题。

第二步：画分支。一般来说，我们从右上角开始绘制第一个分支，沿着顺时针方向不断添加思维分支。同时，也可以在分支上加上图片，使得图表更加形象生动。

第三步：沿着主分支不断添加子分支。同一个分支可以使用相同的颜色。

打卡阅读，7天读完一本书，

培养孩子一生受益的阅读习惯。

目录
CONTENTS

01

春田狐

扫描二维码
听导读

狐狸

狐狸是分布最广的食肉目动物，整个北半球四处都可以见到它们的身影。其栖息地种类繁多，包括森林、荒漠、平原、苔原等。狐狸主要以小型动物为食，有时也吃野果等植物性食物。大部分的狐狸种类都是独自生活，所以也被誉为“孤独的猎手”。

偷鸡的贼

一个多月以来，春田的母鸡接连不断地神秘失踪。当我回家度假时，调查母鸡失踪之谜就成了我的职责。我很快就调查清楚了，母鸡是在回鸡舍前或者离开鸡舍后被整只偷走的，而且每次还只偷一只，这样就排除了流浪汉或邻居们的嫌疑。它们也不是在树木的高处被偷走的，也排除了浣熊和猫头鹰的嫌疑。母鸡的残骸没有在外面被发现，同样也排除了黄鼠狼、臭鼬或者水貂的嫌疑。这么一排除，就剩下狐狸最可疑了。

艾林代尔的松树林在河的那边，我仔细搜过了浅滩，找到了狐狸的足迹和一根普利茅斯岩鸡的羽毛。为了找寻更多的线索，我爬到了远处的河岸，突然听到身后的乌鸦发出尖厉的叫声。我赶紧回头，看到几只乌鸦冲向浅滩上的某个东西。在高的地方，我看得一清二楚，浅滩的中间有一只狐狸，嘴里叼着什么。肯定是刚偷的一只母鸡。乌鸦一贯无耻，自己做了强盗，还总第一个大喊捉贼，同时又跟贼争夺赃物。

这真是一出好戏。狐狸要想回家必须蹚过这条河，乌鸦看到了便发动了突袭。狐狸想冲出包围，要不是我也加入了攻击的队伍，它肯定早带

着赃物逃跑了。被我这么一掺和，它只能放弃赃物，消失在松树林里。

如此大规模又有规律地偷取食物，肯定是家里有一窝小狐狸嗷嗷待哺。我可以顺藤摸瓜。

那天傍晚，我带着我的狗罗杰，穿过河流，扎进了松树林里。当罗杰开始来回打转的时候，我听到树林的深处传出了狐狸尖锐而短促的叫声。罗杰马上奔跑起来，循着气味，向高地冲去，同时狐狸的叫声也慢慢消失了。

过了一个小时的样子，罗杰回来了，喘着粗气，满身是汗。在炎热的八月里，它热得只能趴在我脚边。与此同时，附近又响起狐狸“呀扑——呀噜”的叫声，罗杰又跑了出去。

它向北边跑去，发出响亮的叫声，消失在黑暗里。我先是听到它嘹亮的“扑扑”声，再是低沉的“嗷嗷”声，慢慢成了微弱的“呜呜”声，最后什么动静都没了。它肯定跑到了几公里外的地方，我把耳朵贴着地面，也听不到它的任何动静。如果在1.6公里之内，我准能听到它的高声尖叫。

我在黑暗的树林里等着它回来，此时，听到一阵悦耳的水滴落下来的声音：“滴答，滴答，滴滴答答。”

我不知道这附近有泉水，在这样炎热的夜晚，有这样的发现，真让人高兴。我顺着声音来到一棵橡树旁边，找到了泉水的源头。如此甜美温柔的歌，让人浮想联翩：

滴答滴答，
滴滴答答，叮咚叮咚，
滴答叮咚，滴答叮咚，
喝上一大桶，一醉方休。

这是猫头鹰的《水滴之歌》。

忽然传来粗重的喘气声和树叶的簌簌声，罗杰回来了。它彻底累垮了，舌头耷拉到地面，嘴里吐着白沫，腹部急促地起伏，口水从胸脯和身体两侧流下来。它大口地喘气后，在我的手上舔了一下，然后歪倒在地上，呼哧呼哧地喘着粗气。

然而，那戏弄人的“呀扑——呀噜”的声音又响起来了，就在几米之外，我这才明白其中的意思。

狐狸的窝应该在我们不远的地方，所以它拼命地想把我们引开。

夜色渐黑，我觉得问题很快就能得到解决，于是就回家了。

狐狸一家

大家都知道有一只老狐狸全家生活在这一带，但谁也没想到它们会住得这么近。

老狐狸脸上有一道疤痕，所以大家又叫它“疤脸”。据说这是它在追兔子的时候，撞到了带刺的“铁丝网”，擦伤了一大块，痊愈后伤口长出了新的白毛，于是成了显眼的一块疤痕。

去年冬天我就见过它，还领教了它的狡诈。那天下雪后，我正外出打猎，穿过空地，来到老磨坊后面灌木丛生的山谷边上，当我抬头看着对面的山谷时，突然看见一只狐狸从远处跑过来，它的路线正好在我的必经之路上。我停下一切动作，不敢低头或者转头，就怕会惊扰到它。它从我身旁穿过，扎进山谷深处的灌木丛。它刚消失，我就快速奔跑，想到灌木丛的那头把它截住。我赶到那里，苦苦地等着它。过了很久，它还没有出现，我仔细地搜查了周围，找到了新的狐狸足迹，从足迹上看，它早就跑出了灌木丛。当我顺着这些足迹寻找时，发现了远在我身后的疤脸。它正蹲坐着，龇牙咧嘴地看着我，好像在嘲笑我。

我详尽地查看了一下它的足迹，清楚了整个事件的真相。原来，它早就看见我了，却假装看不见，像个真正的猎人一样，掩盖了这个事实，故作无事状从我身边跑开。然后悄悄地跟在我身后，看着我的如意算盘落空。

春天的时候，我又一次见识了它的狡诈。我和一个朋友走在高地牧场的小路上，不到三十英尺的地方，有几块大石头。在离石头很近的地方，我的朋友说：“你看看，第三块石头真像只蜷缩在一起的狐狸。”我看着不像，于是我们走过去。没走几米，就听到风吹在石头上的声音，感觉就好像吹在皮毛上一样。朋友肯定地说：“肯定是只狐狸，正趴着睡觉呢。”“咱们很快就能搞清楚了。”我回答道。我们转过身，正要抬起脚来，疤脸一溜烟儿跑了。

之前牧场着了一次大火，留下了一片黑色的地带。它穿过这片烧焦的草地，趴在那里休息，躲避我们的视线。它一直看着我们，只要我们继续走在这条路上，它就一动也不动。这件事不是为了说明它体形像石头或干草，而是说它知道利用外界环境来保护自己。

不久之后，我们发现它和它妻子在树林里安了家，把我们的谷场变成了它们的后勤部。

一天早上，我们在松树林里搜寻，找到一个新近堆起来的土堆。这一定是从哪个洞穴挖出来的，可是我们没有找到任何洞。大家都知道，真正狡猾的狐狸在挖新洞时，会把所有的土刨出来，然后再挖一条通往远处灌木丛的地道，最后把第一个挖的洞口堵死，只用通往灌木丛的那个出口。我们在小山的一侧寻找了一会儿，终于找到了入口和能够证明这儿有一窝小狐狸的证据。

山坡上矗立着一棵挺拔的空心椴树。树干歪歪曲曲，底部有一个大洞，树顶有一个小洞。男孩子们常常在这里玩“鲁滨孙”的游戏，在中空的内部挖出台阶，以便在里面上下玩耍。现在它可以派上用场了。

第二天太阳升起来，温度升高了不少，我去那里继续观察。从树顶上望去，我看到住在附近地洞的狐狸一家。有四只毛茸茸的小狐狸，腿又粗又长，一脸单纯的样子，就像小羊羔一样。再看第二眼，就发现它们那尖尖的鼻子，敏锐的目光，每一个都有成为阴险狡诈的老狐狸的潜能。

这会儿，小狐狸正在附近玩耍，晒晒太阳或者互相摔跤，直到听到一丝动静，它们马上跑回窝中。但它们白白恐慌一场，原来是

母狐狸弄出的声响，它从灌木丛中钻出来，带回一只母鸡。这是我记得的第十七只母鸡。母狐狸发出低沉的呼唤，小家伙们急急忙忙地爬出来。接下来的一幕非常温馨，可我叔叔肯定不会喜欢。

小狐狸们向母鸡扑去，跟母鸡打作一团，母狐狸在一旁高兴地凝视着，同时保持警惕。它脸上的表情非常微妙，咧开嘴大笑，眼睛里充满了狡黠和冷酷，但这些都被母亲的自豪和慈爱遮盖了。

我所在的那棵椴树，树根深深地扎在灌木丛里，远低于狐狸窝旁边的小山丘，如此一来我进出都不会惊动这窝狐狸。

我在这里观察了很多天，看了小狐狸的训练课。它们很快学会了听到声响就停下不动，再听到那个声响就赶紧跑进庇护所藏起来。

有些动物的母爱如此强烈，以至于它们会善待陌生事物。母狐狸可不这样，对孩子们的慈爱并不妨碍它对其他动物的残酷。它常常带来活的老鼠和鸟，小心谨慎地不让它们受重伤，这样就能让它的孩子们好好地折磨它们了。

山上有只土拨鼠，住在果园里，它长相平平，也不够风趣，只知道如何照顾自己。它在一棵松树的树桩底下挖了一个洞，这样就能逃避狐狸的追寻。它不喜欢做体力劳动，喜欢动脑筋，每天早上，它会到树桩上晒太阳。如果它看到附近有狐狸，就从树桩钻进自己的洞里；如果狐狸近在咫尺，它就会钻进洞里不出来，直到危险解除。

一天清晨，疤脸和母狐狸认为孩子们该上关于土拨鼠的课了。为了增加课程的真实度，它们决定用果园里的这只土拨鼠上课。它们钻进果园的栅栏里，没让土拨鼠看到自己。疤脸在果园里现身，沿着一条直线走，慢慢从树桩旁边经过。它没有回头，但随时保持警惕的土拨鼠发现它了。土拨鼠赶紧回到自己的洞口，本来想等着狐狸走远，但内心不安的它还是扎进了洞里。

母狐狸一直偷偷地躲在树桩后面，不让土拨鼠看到。疤脸还在缓慢地前行，土拨鼠胆子大了一些，从洞口伸出头来窥探，它看到狐狸越走越远，危险快解除了，于是钻出来，爬到树桩上。这个时候，母狐狸轻轻一跳，抓住了它，它使劲儿地挣扎，却被甩得昏迷不醒。疤脸也从远处看到了，赶紧跑回来。母狐狸用嘴叼起了土拨鼠，往窝的方向跑去，疤脸知道自己的任务已经完成了。

母狐狸十分小心地叼着猎物，回到窝里。到家时，土拨鼠还在挣扎，母狐狸发出低低的叫声，就像叫孩子出来玩耍一样，小家伙们马上跑了出来。母狐狸把受伤的猎物扔给它们，小狐狸们猛扑上来，时不时发出低低的咆哮，使出全身力气撕咬着土拨鼠。土拨鼠也在拼命地挣扎反抗，它打退了四只小狐狸，慢慢向灌木丛爬去。小家伙们像猎犬一样追上来，咬着它的肚子和尾巴，但力量不足，没办法拖动它。母狐狸追过来，一口咬住土拨鼠，把它叼了回来，交给小家伙们。它们一再重复着这个过程，直到土拨鼠咬伤了其中的一只小狐狸。小狐狸因疼痛而发出了刺耳的叫声，这激怒了母狐狸，于是它终结了土拨鼠的生命。

狐狸窝附近有一块长满杂草的低地，那也是田鼠的游乐园。正是在这里，小狐狸们接受了最初的山林捕猎技能的训练——捕猎田鼠，这是最简单的一课。在训练中，模仿成年狐狸的动作非常重要，然后就是跟随自己的天性。老狐狸有几个经常使用的暗号，表示“安静地待着”“好好看看”以及“跟我学”等。

在一个安静的夜晚，狐狸一家人来到这个低地。母狐狸让小狐狸们待在草地里，没过多久，就听到草丛那边传来微弱的吱吱声。母狐狸踮着脚走进草丛里，身体站得高高的，有时为了瞭望而直起它的后腿。草丛遮盖了田鼠的踪迹，要想看清楚它们的踪迹，唯一的方法就是观察草的动向。所以只有在没有风的时候才能捉到田鼠。

捕猎田鼠的关键在于先确认田鼠的位置，不等看见它们就下手。母狐狸一跃而起，抓了一把草，在草里面一只田鼠发出了吱吱的声音。

这只倒霉的田鼠被瓜分得一干二净。小狐狸们比照妈妈的样子来捕猎。过了一小会儿，最大的那只小狐狸抓到了生平以来的第一只田鼠，激动地颤抖着，在野性的驱使下，急切地用自己珍珠般的乳牙咬紧田鼠的身体。这种迫不及待的感觉让它自己也大吃一惊。

第二课是捕猎红松鼠。狐狸窝旁边就有一只红松鼠，这种动物异常吵闹。每天都待在高高的树上，不停地咒骂着狐狸一家。小狐狸们花了不少力气，也没能捉住它，它总能迅速地从这棵树上跑到那棵树上。老狐狸博闻广识，了解松鼠的天性，所以就等机会到来把它解决掉。

某一天，母狐狸藏好小狐狸后，自己躺在树林空地的中间。粗俗无礼的松鼠跑过来，骂骂咧咧，母狐狸丝毫不动，松鼠慢慢靠过来，走到母狐狸的头顶上，喋喋不休地说："老畜生！老畜生！"

母狐狸像死了一般趴在地上。这种情况太可疑了。松鼠从树上爬下来，看看周围，然后飞快地穿过草丛，爬到另一棵树上。到了高高的树枝上，它又张嘴大骂："你这个老畜生！你这个老畜生！挨千刀的！"

母狐狸仍然丝毫不动地趴在地上。这对松鼠来说，太有诱惑力了。它天生好奇，喜好刺激。它再一次跳到地面上，迅速穿过空地，离狐狸更近了。

母狐狸还是没有动弹。连小狐狸也开始怀疑，琢磨着："它是不是死了？"

松鼠与生俱来的好奇心让它坐立难安。它扔下一块树皮，打在母狐狸头上，它用最恶毒的字眼儿来咒骂狐狸，并且一再重复，母狐狸还是不露声色地躺在那里。在空地上跑过几次后，松鼠胆子大了起来，来到离母狐狸几英尺远的地方，母狐狸从地上一跃而起，瞬间就捉住了它。

“孩子们，过来啃骨头啊！”

这就是基础课程。等它们长大一些，会被带到更远的地方，学习追踪足迹和辨别气味的技巧。

针对不同猎物，小狐狸要学习不同的捕猎方式。每种动物都有自己的长处，否则无法生存；当然也有自己的弱点，否则其他动物就无法生存。松鼠的弱点就是好奇心重，狐狸的弱点是不会爬树。小狐狸训练的目的就是，发挥自己灵活的优势，取长补短。

从父母身上，它们学会了狐狸生存的重要法则。它们是如何学会的呢？我不知道，但它们肯定是在父母的陪伴下学会的。下面是狐狸教给我的信条：

别在带有自己足迹的路线上睡觉。

鼻子比眼睛靠前，要相信它。

傻瓜才会顺风跑。

奔流的小溪治百病。

能躲起来，就别暴露出来。

能走曲线，就不要走直线。

奇怪的东西肯定有危险。

灰尘和水可以消除气味。

别在兔子生活的树林里捉田鼠，也不要在鸡舍里抓兔子。

远离草地。

小狐狸把这些信条深深地刻在脑海里，它们知道“别追踪闻不出来的气味”是对的，如果你闻不到对方，风肯定会让对方闻到你。

在自己的树林里，小狐狸学习了所有的鸟兽知识。当和父母走入陌生的地带时，它们又学习了其他动物的知识。一开始它们以为自己可以辨别所有动物的气味了。但有一天晚上，妈妈带它们到一块田地里，地上有一个扁平的陌生的黑东西。妈妈让它们上去闻闻，它们刚嗅了一下，汗毛就竖了起来，骨子里产生了一种战栗的感觉，让它们发自本能地厌恶和恐惧。看到小狐狸们的反应后，妈妈才说：“这就是人类的气味。”

灾难降临

母鸡仍然不停地失踪，因为我没有背叛那窝小狐狸。而且说实话，比起母鸡来，我更在意那窝调皮的小家伙。不过叔叔气坏了，把我的捕猎能力说得一无是处。为了让他满意，有一天，我带着罗杰，穿过树林，爬上山坡，坐在空地的树桩上。我让罗杰继续去找狐狸，过了没多久，它就叫了起来。所有的猎人都明白了，下面的山谷里有狐狸。

过了一会儿，我听到罗杰和狐狸跑过来的声音，然后看到疤脸快步跑进小溪，在水里跑了两百码后径直跑向我这边。在离我十英尺远的地方，它停下来了，回头张望罗杰的动向，而后转身坐下，伸长脖子，兴趣盎然地看着罗杰。只见罗杰闻着气味，咆哮着跑到狐狸气味消失的水边，很明显水流消除了所有的气味，罗杰完全不知所措，只能沿着河岸来回地跑。

我前面的狐狸稍微调整了坐姿，以便看得更清楚，然后用一种极为人性化的好奇心观察罗杰的动向。它就坐在我的前面，当罗杰稍微靠近时，我看到了它肩部竖起来的鬃毛，肋骨附近激烈跳动的心脏，以及散发光芒的黄眼珠。

罗杰被水流弄得无可奈何，狐狸可是高兴了。它没办法安静地坐着，一会儿晃动身体，一会儿又坐下来，甚至踮起后腿，以便更好地观察这只寸步难行的狗。它的嘴巴张得大大的，喘了会儿粗气，或者说开心得哈哈大笑，就像狗露出牙齿喘着气笑一样。

疤脸带着好心情，沿着山坡溜走了。罗杰还在小溪边彷徨，等到最后闻到气味，那气味已经很微弱了，根本无法继续追踪。

等罗杰找到山上时，疤脸已经隐入树林。我一直坐在十英尺远的地方，看得一清二楚，不过我丝毫没动。狐狸不知道，在这二十分钟里，它的性命就掌握在它最怕的敌人手里。罗杰从我身边经过时，被我叫住了。它吓了一跳，停下来，微微有些紧张，然后别别扭扭地躺在我脚边。

之后的几天，这样的追踪游戏每天都在上演。我站在河对面的屋子里，看得清清楚楚。叔叔看着每天都有母鸡失踪，实在忍不下去了，决定亲自上场。他坐在那个树桩上，守株待兔。于是疤脸小跑到河边，逗弄罗杰，在它咧嘴大笑时，叔叔从它背后开了一枪。

然而，母鸡还在继续失踪。叔叔大发雷霆，决定亲自指挥这场战争。他在树林里遍布毒饵，甘愿冒被我们的猎犬吃到的危险。他一再嘲弄我的捕猎技巧，晚上自己带着枪和两只猎犬去树林，看看能有什么收获。

母狐狸对毒饵了如指掌，要不就绕道走，要不就嗤之以鼻。之前，它曾把一个毒饵扔到了它的宿敌臭鼬的窝里，打那之后它再也没见过臭鼬了。疤脸在的时候，负责引开猎犬，保卫自己的家园。现在母狐狸得担负起这个重任了。它没有空余的时间去破坏所有通

往它巢穴的足迹，也不可能每次都把离得近的敌人引开。

结果可想而知。罗杰追寻到狐狸的窝，另一只猎犬斑点则确认小狐狸都在家，拼命想扎进窝里捉它们。

狐狸的窝就这样暴露了，一家子大祸将至。雇来的人拿着铁锹和锄头把它们挖了出来，我和猎犬就站在旁边。母狐狸出现在树林里，试图把猎犬引到河边，然后它再跳到一只绵羊的背上，受惊的羊马上狂奔了好几百码，它借这个方法来摆脱猎犬的追踪。等它确认自己的气味消除之后，它又向自己的窝跑过去。猎犬虽然被断断续续的气味弄晕了，但没一会儿又找来了。母狐狸绝望地在自己的窝附近打转，想引开我们，让我们离开它的孩子。

此时此刻，雇来的帕蒂正在使劲儿地挖着，黄色的碎沙石高高地堆在狐狸窝的两旁，很快帕蒂就挖出了一个大坑，肩膀慢慢地低过地面。连续挖了一个小时，猎犬还在树林里疯狂地追踪着母狐狸，帕蒂兴高采烈地大喊：

“先生，看到小狐狸了。”

洞穴的尽头俨然是狐狸的窝，里面有四只毛茸茸的小狐狸，正向后退挤作一团。

我还没来得及开口，他上来就是一铁锹，拍死了三只小狐狸。最小的那只因为猎犬够不着，而侥幸捡回了一条命。小狐狸发出短促的叫声，母狐狸听到后便赶过来，在旁边打转，它离得这么近，要不是中间老被猎犬挡住身影，它早就被枪打死了。它又一次引开了猎犬，不过无济于事。

活着的小狐狸被装进口袋，安静地待在里面。它那些不幸的兄弟被扔回窝里，掩埋在黄土中。

我们这些刽子手回到家里，用铁链把小狐狸拴在了院子里。没人知道为什么饶它一命，也没人愿意下手杀它，所有人的情绪有了微妙的变化。

这只小狐狸非常漂亮，像狐狸和羊羔的混合体。毛茸茸的外形就像一只小羊羔，看上去天真纯洁，但一看它的黄眼珠，你就能看出几分狡猾和凶狠，这又与羊羔截然不同。

每当有人在一旁的时候，小狐狸就蜷缩起身体，躲在我们给它准备的箱子里。就连身边没有人时，它也不敢放松，缩了一个多小时，才敢看看四周。透过窗户，我可以尽情地观察小狐狸。院子里有很多母鸡，在小狐狸身边走来走去，它非常熟悉它们了。那天快傍晚的时候，有一只母鸡在离它非常近的地方活动，它猛地冲过去，要不是铁链不够长，它就得手了。它站起来，回到箱子里。之后它又试了几次，在精心地估量自己的跳跃距离后，不管抓没抓到母鸡，它再也没被铁链拉回去过。

每当夜晚来临时，小狐狸总坐立难安，走出箱子，但一有风吹草动，就吓回去了。有时，它会用前面的爪子按住铁链，用牙使劲儿地咬链子；有时会突然停下来，好像在侧耳倾听，然后仰起它的小黑鼻子，发出短促的呜咽声。没过多久，就听到远处母狐狸传来的“呀扑——呀噜”的叫声。过了几分钟，一个黑影出现在柴火堆上。小家伙吓得跑进箱子里，但马上又跑出来，欢天喜地地跑向自己的妈妈。母狐狸一下子叼住了小狐狸，转身就往远处跑。可是，铁链到头了，小狐狸猝不及防被拉了回来。窗户被打开了，母狐狸吓了一跳，慌忙逃到了柴火堆上。

过了一个小时，小狐狸安静下来，不再叫唤了。我借着月光向外看去，只见母狐狸趴在小狐狸身旁，正用牙咬住什么。随后听到的金属声，让我确认被它咬的正是那条残酷的铁链。小家伙正在一旁享用着妈妈的乳汁。

等我走到院子里时，母狐狸已经离开了。箱子旁边放着两只小田鼠，热腾腾的，满是血迹，那是狐狸妈妈给孩子送的食物。第二天早上，我发现小狐狸脖子周围的铁链被磨得锃亮。

我走进树林，来到之前的那个狐狸窝，周围都是母狐狸的足迹。可怜的、悲痛欲绝的母亲来过这里，挖出了那三只小狐狸的骸骨。

三只小狐狸并排放在地上，被舔得干干净净，身旁还有两只刚被咬死的母鸡。新堆起来的土到处都是它的足迹，这说明它一再地深情凝望着死去孩子的尸体。在这里，它给它们带来了自己夜间捕杀的战利品；在这里，它舔着孩子们的身体，让它们吮吸着自己的乳汁。如今，它只能感觉到它们柔软皮毛下僵硬的身体，以及没有一丝气息的冰凉的小鼻子。

地上都是母狐狸肘部、胸脯印下的痕迹，它曾长时间地趴在那里，长久地看着它们，悲痛欲绝地哀悼自己的孩子。此后，它再也没回去过，因为它认清了现实，孩子们已经死了。

母狐狸和小狐狸提普

小狐狸提普是这窝狐狸中最弱小的，现在得到了妈妈全部的爱。猎犬被放出来，保护母鸡。雇工也得到了命令，看到这只母狐狸就要开枪。我也被要求这么做，不过我决定不和它碰面。下了毒的鸡头被扔进树林里，猎犬可不好这口。只有爬上柴火堆，才能进到提普所在的院子里。虽然机关重重，母狐狸还是每晚都来。它带着新杀死的母鸡和猎物，喂给小儿子吃。我曾多次目击，提普还没发出任何声响，它就过来了。

小狐狸被捉的第二天晚上，我听到链条在嘎嘎作响，向外一看，母狐狸正在箱子旁边挖洞，当挖到很深的时候，它把铁链松弛的部分全都埋了进去，然后用土填平。它以为这样能摆脱铁链，于是叼着提普的脖子，向柴火堆跑去。可是，没走两步，提普便被狠狠地拽了回去。

可怜的小家伙一边啜泣，一边爬向自己的箱子。过了半个小时，几只猎犬发出了巨大的叫声，它们向树林深处跑去，我知道它们在追母狐狸。它们沿着铁路向北追去，喧嚣声慢慢地平静了。第二天早晨，它们也没有回来。很快我们就弄清了原因。狐狸们很久之前就懂得利用铁路，并发明了好几种方法。其中一种就是被猎犬追踪时，在火车开过来前，沿铁轨先跑一段。留在铁轨上的气味很微弱，而且火车也会破坏这种气味，追来的猎犬很可能会被火车碾死。还有一种方法更安全，那就是在火车开过来前，引着猎犬跑上高架桥，这样火车一来，猎犬必然丧命。

这种方法非常巧妙，我们在铁路的下面找到了罗杰被碾轧的尸体。这是母狐狸在复仇。

当天晚上，在筋疲力尽的斑点回家之前，母狐狸已经来到了院子里。它给提普带来了一只刚杀死的母鸡，并在它身边躺着，喘着粗气给它哺乳。它一定认为如果它不带吃的，提普就会饿死。

那只母鸡泄露了母狐狸每晚的来访，引起了叔叔的注意。

我十分同情母狐狸，但对捕杀它的计划无能为力。第二天晚上，叔叔拿着枪等了一个小时。到天气变冷，乌云遮住了月亮时，他想起还有一件重要的事要做，就把雇工帕蒂叫过来替换他。

夜晚的寂静和焦躁的等待，让帕蒂心惊胆战，过了一个小时，外面出现了枪声，是帕蒂开了枪。

到早上时，我们发现母狐狸又给小狐狸送来了一只母鸡。那天夜里，一只母鸡还是被偷了，叔叔继续拿枪站岗。天黑以后，我听到一声枪响，这次也没打中，母狐狸丢下嘴里的猎物逃跑了。之后的那个晚上，它又来了一次，因为枪又响了一下。隔天早上，从铁链锃亮的一段可以看出来，它又来了，而且几个小时都在试图咬断那该死的链子。

这样顽强的意志和不灭的勇气，如果没有换来人们的宽恕，也应得到人们的尊敬。之后的晚上，没有人愿意再站岗了。这会给它带来帮助吗？连续三个晚上被人开枪射击，它还会冒着生命危险来哺育或者解救它的孩子吗？它还会再来吗？出于伟大的母爱，它肯定会再来的。第四天晚上，我继续注视着院子，小狐狸悲切的叫声响起来时，柴火堆上出现了一个黑影。

但是，我没有看到它带着猎物。难道女猎手这次失败了？难道它不打算再喂养提普，而让人类给它的孩子提供食物了？

不，完全不是这么回事。生活在荒野的母亲拥有最真挚的爱与恨。它唯一的想法就是让自己的孩子得到自由。它已经试过了所有的方法，冒险来照顾它，解救它，可是全都失败了。

它像一个影子一样，悄然来临，又转瞬离开。提普抓着它留下的东西，津津有味地吃起来。在它吃的时候，浑身一阵剧痛，它忍不住发出尖叫声。苦苦挣扎了一小会儿，它就死了。

母狐狸的心中虽然充满了母爱，但它脑子里有更执着的东西。它知道毒饵的威力，也分得出毒饵，如果小狐狸还跟在它身边，它一定教它辨认毒饵的技巧。然而，到了这个地步，它必须为自己的孩子选择一条路，是过凄惨漫长的囚徒生活，还是痛快干脆地死亡。它极力压抑自己的母爱，为孩子选了一条通往“自由”的道路。

下雪后，我们才进入树林追寻母狐狸的足迹。当冬天来临时，我们再也没发现它在这片树林里生活的证据。谁也不知道它去了哪里，只知道它已经离开了。

也许它去了某个遥远的地方，忘记了被杀死的伴侣和孩子。或许也像小狐狸一样，它放弃了悲惨的命运，寻找到了自由。

知识拓展

最常见的狐狸是哪种？

狐狸的种类有很多，最常见的是红狐。红狐是体型最大的狐狸种类，分布十分广泛，甚至在城镇中都可以见到它们的身影。

02

银狐多米诺

扫描二维码
听导读

黑色的小狐狸

夕阳西下，余晖映照着无边无际的山川大地。西边的晚霞散发出柔和纯粹的光芒，就像舞会上旋转彩球的灯光，整个小山谷也亮丽无比。

美景如画！

一片茂密的松林出现在一座小山上。松林前面是一块空地，五颜六色的野花在这片空地上肆意绽放。

此刻正是美好而悠闲的傍晚时分，不过最引人注意的是——这儿是一群狐狸的家。狐狸巢穴的入口并不好找，位于浓密松林的隐秘边缘。但这会儿，狐狸一家都没在洞里，而是待在外面。小狐狸们在花丛间来回奔跑，嬉戏打闹，正在沐浴着一天之中最后的阳光。

一只大狐狸——那是它们的母亲——则守护在一旁。因为阳光的照耀，这群狐狸细软油亮的毛皮闪现出耀眼的光泽。

这群健康机灵的小狐狸一共有七只。它们十分兴奋，时而滚作一团，时而你追我赶，玩儿得都很开心。有的小狐狸又去追逐苍蝇或者其他小虫子，有的又嗅着气味去追逐蜜蜂，有的则待在原地静静地玩弄野鸭留下的羽毛……

一只黑色的小狐狸和其他六只同伴比起来，体格显得格外健壮，两只眼睛上的花纹就像缠绕的黄丝带。它奔跑速度特别快，一旦让它咬住野鸭的羽毛，其他的小狐狸就失去了玩耍的机会。等它玩儿腻了，将羽毛丢弃在一边，其他的小狐狸才能接着来玩儿。不过，也有可能不是玩儿腻了羽毛，而是它想玩妈妈的尾巴了。有时让它这么突然一拽，妈妈都会被吓一大跳。

当然，狐狸妈妈会在这个时候收起尾巴，一直保持竖着，就是不让小狐狸够得着。它这会儿可能就要四脚朝天，赖在地上不起来，还会调皮地打着滚儿。

正当大家玩儿得开心的时候，狐狸爸爸回来了。它给小家伙们带回来一只香鼠。狐狸爸爸的突然现身，吓了狐狸妈妈一跳，小狐狸们也都不约而同地愣住了。等回过神来，小家伙们别提有多高兴了：是爸爸回来了！狐狸爸爸放下嘴里叼着的香鼠，狐狸妈妈赶过来，从地上叼起了这只香鼠。

狐狸妈妈叼着香鼠来到小家伙们的跟前，轻轻放了下来。还没等妈妈放好，小狐狸们已经像一群饿狼一样扑了上来。小家伙们在空地上乱作了一团，它们一边张嘴用力撕扯着香鼠的身体，一边还不断地摇晃着脑袋，似乎这样可以帮助它们咬下香鼠身上的肉。

狐狸爸爸放下香鼠后，就迅速消失在了松树林中。狐狸妈妈的责任则是继续保护好这群小狐狸。它的双眼充满了爱意，但并没有丝毫放松警惕，仔细地观察着四周的动静。

就在这时，一阵“呜——噜——嗷”的叫声从远处传了过来。

肯定是出事了！狐狸妈妈决定马上带着小狐狸们回到洞中。

它知道这是狐狸爸爸向家人发出的警告信号，意思是：“有敌人出现了！注意安全！”不过懵懵懂懂的小狐狸们丝毫没明白发生了什么，仍然叼着鼠肉嚼个不停。

在这附近，这群小狐狸面临着很多敌人，包括手持猎枪的男人、猎犬和长尾林鸦。它们随时可能夺去这些小狐狸的性命。所以，狐狸爸爸和狐狸妈妈必须始终保持高度警惕，不敢有一丁点儿的大意。

其实，一个名叫阿普的少年这会儿正坐在远处的一根树杈上。他饶有兴趣地观察着狐狸一家。他是为了找乌鸦窝才到这棵树上的，然而当他来到树上后，意外地发现了在晚霞中愉快玩耍的狐狸一家。

他完全被这一幕温馨可爱的场景吸引住了，目不转睛地盯着这群狐狸。

狐狸在这一带可不是什么稀罕物，不过，要知道狐狸可是机警无比的动物，很少有谁可以看到它们玩耍的场景。小少年阿普居然抓住这个甚至只有十万分之一的机会，真是幸运极了！

那只全身黑色的小狐狸得到了阿普的特别关注。他太喜欢这个健壮、机灵的小家伙了。当看到这只小狐狸在地上扬扬得意、痛快淋漓地嬉戏玩耍，阿普的内心简直要融化了。

他正看得起劲儿呢，没想到大狐狸却突然领着这群小狐狸钻进松林逃走了。

它们为什么要逃走呢？

阿普感到很费解。他还在思索的时候，“汪、汪、汪”的狗叫声传到了他的耳朵里。

“真是该死！这只大笨狗来这里凑什么热闹！”

阿普听着狗叫声，嘴里嘟嘟囔囔，脸上是一副霜打的茄子的表情。

跑来的猎犬正是阿普的大笨狗，别看它年龄不大，体格却很健壮，嗓门也很大。冬天一到，阿普就会带着这只猎犬出去打猎。不过，平日里，猎犬都是被拴在家里的，今天它怎么会跑了出来呢？不用说，肯定是它挣脱了锁链，循着阿普的气息跟了过来，一路来到松树林的山坡上。

“汪——汪——汪！”

大笨狗一边跑，一边叫，声音也距离狐狸家的洞穴越来越近。

狐狸妈妈匆匆把孩子们送回洞里，安置好它们，然后就立刻跑到洞穴外面。狐狸妈妈要想把靠近的猎犬引开，带离这里，就必须让猎犬发现自己。

听着犬吠声，狐狸妈妈顿时紧张不已，甚至有些瑟瑟发抖！

好在，这只猎犬还没成年，狐狸妈妈觉得自己还是有很大的胜算的。其实，如果只是它自己逃命的话，就很简单了。不过现在，它首先要考虑的是帮助孩子们脱离危险。因此，只有一个办法，那就是把猎犬从这里引开。

说干就干！狐狸妈妈一口气冲到猎犬面前，然后迅速掉转方向，一溜烟儿就跑远了。

“汪——汪——汪！”

猎犬果然中计了！没做任何思考，就跟在狐狸妈妈后面追了上去。

很明显，这只猎犬到底是年轻，几乎没什么实战经验。狐狸妈妈一阵风似的在前面快速奔跑，然后又兜了几个圈子，就轻轻松松地引着猎犬离开了小家伙们的藏身之地。跑出去大概一两公里之后，狐狸妈妈采用迂回穿插的办法，掩盖了自己的足迹，弄乱了自己的气息，于是顺利地甩开了后面猎犬的追捕。

果不其然，猎犬跑着跑着，就完全找不到狐狸的任何踪迹了。等发现跟丢了狐狸，猎犬有些犯傻，不知道该怎么办才好。

当猎犬还在犯迷糊的时候，狐狸妈妈已经返回了洞穴。小家伙们躲在里面，安然无恙。平时，每当狐狸妈妈回来，小狐狸们都会兴高采烈地出来迎接。这次，它们却一个也没有出现。

原来，刚才的狗叫声也着实把它们吓得不行。你瞧，它们这会儿纷纷躲在洞穴的最深处，两只前爪捂着鼻子，大气都不敢喘，甚至连眼睛都不敢睁开。

动物和人一样，这一辈子会听到各种各样的声音。可是，一旦听到一些声音，就会在心理上留下永远的阴影。比如说，刚才那一阵猎犬的狂吠，就彻底击垮了小狐狸们幼小的心灵。从出生到现在，这些小家伙一直觉得妈妈是这个世界上最勇敢、最强大的，只要有妈妈在，就什么也不怕。可是今天，猎犬令人战栗的狂吠让它们瞬间觉得孤独无助，即便是躲在洞中，也还是没法摆脱那种令人窒息的恐惧感。

这些小家伙从生下来就处在充满疼爱和关心的环境当中，从来不知道恐惧是什么滋味。今天可是尝到了这个可怕的滋味。从此以后，这些小狐狸的成长就再也无法摆脱这种可怕的恐惧感了。尽管如此，生活也还要继续下去。

狐狸的家

在松树林的不远处，是一个小山村。那里也在平淡的生活中发生着另一个故事。就比如说，波顿叔叔家的鸡这段时间就总是莫名其妙地失踪。

这天，正在山丘上走着的波顿家的哥儿俩忽然听到了一阵狗叫声。哥儿俩赶紧朝着山谷方向跑过去，因为声音是从那里传过来的。在山谷里，他们发现阿普的大笨狗正在追逐着一只狐狸。

那只被追的狐狸正是狐狸妈妈。这次狐狸妈妈故技重施，再次用一个小花招就骗到了大笨狗，然后逃之夭夭。大笨狗仍旧没搞明白情况，跟个没头苍蝇一般，抽动着鼻子原地打转。

“你瞧，这只笨狗又把狐狸追丢了！”

看着这只因为丢了目标而无所适从的笨狗，小哥儿俩捧腹大笑。又过了一会儿，他们注意到那只刚才失踪的狐狸正出现在山谷的另一边。此时，这只狐狸嘴里还叼着一个白色的东西。

“狐狸叼的是咱们家的鸡呀！”

小哥儿俩几乎同时脱口而出。

他们看得一点儿都不错，波顿叔叔家的宝贝白鸡如今沦为了狐狸妈妈的战利品。

尽管他们痛恨这只狐狸，不过他们并没有立刻行动。他们唯一的念头就是弄明白这个偷鸡贼要去哪里。

狐狸叼着鸡先是钻进了草丛里，接着又钻进了草丛中的洞穴里，浑然不觉有两个人正目不转睛地盯着它。没等狐狸妈妈钻进洞

穴，小狐狸们都一股脑儿地跑出了洞外。

“太棒了！这里居然是一窝狐狸！快，咱们到跟前看个究竟！”

小哥儿俩吆喝着便拎起大木棒来到狐狸洞口。

白色鸡毛在狐狸洞口散落了一地。小哥儿俩把木棒伸进洞穴里，想探一探里面的情况，却因为洞穴曲折蜿蜒，根本就没法探到狐狸藏身的洞穴深处。即便如此，小狐狸们也都吓坏了，它们搞不明白洞口传来的可怕声音到底是怎么一回事。

此刻，狐狸妈妈像是热锅上的蚂蚁急得团团转。它试着引开这两个不速之客，便来到距离洞穴稍微远一些的地方。然而，波顿兄弟比那只大笨狗聪明多了，丝毫没有上当。在狐狸妈妈看来，藏身之所的暴露是最最危险的事情了。它绞尽脑汁想着解救自己孩子的办法，却是无计可施。

躲在洞中的小狐狸们，这时也在焦急地等着爸爸妈妈来拯救自己。可是，它们的救星迟迟没有出现。

小哥儿俩端着木棒朝洞里乱捅一气。洞口被封闭得严严实实，透不出一丝光亮，可怕的狗叫声混杂着木棒敲击洞壁的声音在洞中来回盘旋。小狐狸们被这些恐怖的声音吓得大气都不敢出。

小狐狸们总算是明白了，什么是这个世界上比猎犬还要可怕的敌人。

波顿兄弟费了九牛二虎之力，还是没法把木棒捅到洞穴底部。他们决定先回家，等明天带着挖掘工具再来收拾这些小狐狸。

波顿兄弟离开后，狐狸妈妈马上行动起来，它要给这些被吓坏了的孩子找一个新家。第二天，天才刚蒙蒙亮的时候，狐狸妈妈就开始了它的搬家工作。新的洞穴已经找好了，当务之急就是尽快将这些小家伙转移走。

那只健壮的小黑狐狸就是第一个被转移的孩子，然后是女儿当中最健壮的，接着才是剩下的几只小狐狸中最健壮的。狐狸的这个习性延续到了现在。在野外世界中，一般来说，危急时刻，狐狸爸爸和狐狸妈妈优先转移孩子当中最健壮的，这样才能保证自己的种族能够繁衍下去。

狐狸妈妈在转移孩子的过程中，狐狸爸爸在不远处的小山冈上来回巡视，仔细观察附近的动静。

“呜噜噜噜噜——噜——”

就在旭日东升的时候，狐狸爸爸大声发出警报信号，很显然它是发现敌人了。这时，狐狸妈妈正在转移它们的第三个孩子。

狐狸爸爸发现的敌人还是昨天的波顿兄弟俩。他们直奔狐狸洞穴而来，和昨天相比，手里还多了铁锹和铁镐。来到洞口，他们就拿着工具开始挖。不过，刚挖了不到一米，他们就挖不下去了，一块巨大的岩石横亘在眼前。

“有什么办法吗？”

哥儿俩正在合计的时候，“轰”的一声巨响打断了他们的思路。哦，原来是采石场的工人正在用炸药爆破岩石。

这一声巨响让他们灵光乍现。

“对啊！咱们也可以找来炸药，把这个岩石给炸开！”

兄弟俩说干就干，一个跑回家取炸药，一个留下守在洞口。很快，回家的那个就把炸药取来了。兄弟俩在岩石缝里填进炸药，然后牵着引线来到远处。在点燃引线之后，他们俩迅速躲藏了起来。

这个爆炸声震得人耳朵嗡嗡作响，就连附近的沙丘也传出哔哔的响声。

硝烟散去后，哥儿俩来到洞口观察，发现洞口已经被炸药炸碎的石块堵死了！被困在里面的狐狸还能出来吗？想得美！肯定一个不留，全都死了。哥儿俩想着既然目的已经达到了，就没再继续挖洞，收拾好工具回家了。

天黑下来后，狐狸爸爸和狐狸妈妈出现在洞口。它们用尽全力去刨开那些炸碎的石块，想打开堵死的洞穴，救出被困在里面的孩子们。可是，它们劳而无功。

第二天晚上，它们再次来到洞口，继续扒拉石块，仍然没有效果。

第三天晚上，只有狐狸妈妈来到洞口，又是一番扒拉后，再次以失败告终。

最终，它们不得不放弃了找回洞穴里那些孩子的希望。

狐狸爸爸

狐狸的新家选在了河边，而不像上次那样在山丘上。和上次一样，一块巨大的岩石挡在洞穴入口处。有了这块岩石的保护，就算是敌人发现了这个洞穴，也不用担心洞穴会被挖开捣毁。

小狐狸们长得很快，特别是那只小黑。没多久，它浑身上下的毛皮换成了黑色，而且它的毛色闪闪发亮。

小狐狸成长过程中的一门必修课是学会捕猎。小狐狸已经长大了，狐狸妈妈和狐狸爸爸觉得有必要开始训练它们了。以前，狐狸父母抓到猎物后，会把猎物放在洞口等着小狐狸来吃。如今，它们试着把猎物放在洞外一百来米的树林里，然后让小狐狸自己去找。通过这种方式，狐狸父母慢慢地培养小狐狸的捕猎本领。

在这三只小狐狸中，力气大和跑得快是优势，这意味着最有机会先找到猎物然后吃掉。这样的竞争关系迫使三只小狐狸都拼命成长，锻炼出结实的身体，并养成凶猛的性情。狐狸父母会源源不断地给它们三个小家伙抓来猎物，以便保证它们能够得到充分的锻炼。即便如此，这三只小狐狸也不是齐头并进地成长，仍旧是那只黑色的小狐狸成长得最快，性情也最为勇猛凶悍。

此后，那只曾是小狐狸们心中梦魇的大笨狗又来过几次。它每出现一次，那令人恐惧的叫声都会让小狐狸们战栗不已。这个时候，狐狸父母为了保护孩子们，总会一马当先冲出去，想尽办法引开大笨狗。

狐狸父母只要和大笨狗玩几个小花招，牵着它的鼻子绕着河边的山丘转几圈，这只大笨狗就找不着北了。河边可以有效消除狐狸留下的气味，这下大笨狗更没有办法再找到狐狸了。

就这样，狐狸一家总是捉弄这只大笨狗，就像是在捉弄一个笨蛋。不过，大笨狗也有长大的一天。终于，有一天，它突然冷不防

地出现在小狐狸们的面前，简直把这三只小狐狸吓得半死。

当时，三只小狐狸正在树林里欢呼雀跃呢。要知道，它们刚刚好不容易找到了狐狸爸爸放的猎物。

“汪！汪汪！汪！汪汪！”

突然，那只大笨狗就出现在了三只小狐狸眼前，嘴里还不停地狂吠。它们瞬间被吓住了，转身就跑，慌不择路。可是，那只最年幼的小狐狸似乎还没回过神来，没跑上两步，就被大笨狗一口咬住了。

大笨狗只是轻轻一用力，就把这只小狐狸的肋骨给咬碎了，这只小狐狸立即毙命。

大笨狗这次轻轻松松就打赢了一场奇袭战，心里得意扬扬，嘴里叼着战利品开开心心地走了。途中，它几次停下来，撕咬小狐狸柔软的皮毛，啃噬它脆软的骨头。

可怜的狐狸一家的厄运还没有结束。

小狐狸遇害的第二天早上，狐狸爸爸嘴里叼着刚刚抓住的一只野鸭匆匆往家赶。一群猎犬悄悄地围了上来。

狐狸爸爸马上开始逃跑。这条路的两边是高高的围墙，叼着野鸭的狐狸爸爸根本不可能跳过去。它只能沿着墙角一路狂奔。它正在跑的时候，看到前方墙角出现一个豁口。它没有丝毫犹豫，一个转身就钻了进去。

哪知道，狐狸爸爸刚钻进去，就意识到了大事不妙。原来它闯入了一户人家的院子，而这个院子里居然也有一群猎犬。这群猎犬看到闯进来的不速之客，不约而同地发出攻击前的嘶吼声。

狐狸爸爸想退回去时已经来不及了，后面的猎犬也追了上来。前有堵截，后有追兵，它如今是腹背受敌。它正犹豫着该不该丢下野鸭的时候，这个院子里的猎犬已经一起扑了上来。狐狸爸爸也遇害了。

然而，狐狸妈妈和小狐狸们还不知道这个噩耗。它们还热切地盼着狐狸爸爸带着猎物回来给它们吃。如果狐狸爸爸能回来的话，它们一家就可以幸福快乐地玩耍了。可惜，它们却完全无法想象自己的爸爸已经被一群猎犬给活活咬死了！

狐狸爸爸是一个好爸爸，它为了养活自己的孩子而到处打猎，为了保护自己的孩子而不惜以身作饵，最后也落得个被一群猎犬围猎的下场。

如今，只剩下狐狸妈妈和两只小狐狸，守在这个山谷的洞中。

银狐传奇

一转眼，八月份已经到了。两只小狐狸也长大了，可以自己外出捕猎。狐狸妈妈肩上的担子轻松了不少。

九月份的时候，狐狸妹妹已经长得和妈妈一样高了。狐狸哥哥，嗯，就是我们之前说的那只小黑狐狸，现在长得比妈妈还要高了，也更加魁梧。它身上的皮毛越发的黝黑发亮，就连眼睛四周的毛也变成了黑色。这只狐狸就是下面故事的主人公——多米诺。

多米诺跑起来就像风一般飞驰。它现在完全可以只身在山野之间捕猎了。

很快，狐狸妈妈和狐狸妹妹都在心里产生了一个想法——当然了，多米诺心里也有同样的想法——它应该跟妈妈和妹妹告别了，因为它已经长大了。

于是，多米诺就离开了自己的家，踏上了闯荡世界的征程。

起初，它很有自信，觉得自己完全有能力在大自然中生存。然而没过几天，它就有些气馁了。

本来，它最自信的地方就是自己的奔跑速度。可是，当两只猎犬在它身后紧追不舍的时候，它才意识到自己有多么狼狈。尽管在这次追逐过程中，多米诺最终成功逃回遍布岩石的山地，但也付出了脚受伤的不小代价。

一天，天气炎热，多米诺朝着河边跑去，它一心想着赶紧跳进河里，让自己因为奔跑而热得发烫的四只脚清凉一下。等来到河边，它纵身跳了进去，河水漫过了自己的四条腿。泡在水中，多米诺觉得惬意极了。

多米诺在水里一边享受，一边向河的上游游去。突然，它发现身后出现了猎犬的身影。多米诺马上躲进河中沙滩上茂密的草丛里，屏住呼吸，一动不动地观察这群猎犬的动向。然而，令它大惑不解的是，刚才还在身后气势汹汹追赶它的猎犬，来到河边后只是四下转了两圈，不知道是什么原因，竟然纷纷离开了。

当时，多米诺还不知道河水是自己的救命恩人，因为河水可以清除它身上的气味。不过，再有几次类似的经历后，多米诺很快就摸清了这里面的诀窍，并且牢牢地记在了心中。

冬天的时候，多米诺也有自己的脱身之法。这个时候，因为气温低，河面上会结上一层薄薄的冰。它吸引着猎犬跑到冰面上。对多米诺来说，这不是什么问题。但是，对这些笨重的猎犬来说，薄薄的冰层可就承受不住了。因此，多米诺在冰面上跑一会儿，等再回头看时，就看不到一只狗了。那些“追兵”哪儿去了呢？原来这群猎犬踏裂了冰层，全部掉进了寒冷刺骨的河水中。

一般来说，通向悬崖顶的道路开头部分还比较宽，但越靠近悬崖顶，就变得越窄。最窄的地方，只能勉强容得下多米诺这样细小的身体。它因此又发现了一个逃生术。当有猎犬追赶的时候，它会带着猎犬往悬崖上跑。在窄窄的悬崖边，它只需要把身子贴紧就可以了，猎犬们一旦追上来却发现进不可进，退不可退，被夹在半当中下不来。

在多米诺看来，河水除了可以作为危险来临时的避难所外，还是取之不尽的厨房。在饥肠辘辘的时候，它总能在河边找到食物，有被河水冲上岸的鱼，也有青蛙，等等。

寒风凛冽的冬天到了，多米诺又换了一次毛。这次换毛有了很大变化，它身上仅有的一点点红色和灰色的毛皮统统不见了，全都换成了像缎子一样油光发亮的黑色，像夜幕一般美丽。

多米诺的爸爸和妈妈是一对红色狐狸，而它则是黑色的变种。

生活在北方森林中的猎人们都知道，红色狐狸父母可以生出黑色狐狸的说法并不是无稽之谈。即便如此，红色狐狸父母生出黑色狐狸的概率却非常低，更不要说纯黑色的了。正因为这个原因，人们很少有机会遇到黑色狐狸，就算是遇到了，也几乎没有抓住它的。和普通的狐狸相比，黑色的狐狸更加聪明和敏捷。

黑色狐狸跑起来特别快，耐力久，脑子好使，性情狡猾。人们要是想将对付普通狐狸的办法用在黑色狐狸身上，那么一点儿胜算都没有。

这样看来，老天爷真是青睐黑色狐狸，给了它非比寻常的能力。甚至可以说，黑色狐狸身上皮毛的颜色都是一种特别的恩赐。而且多米诺身上的黑色事实上并不是一般认为的纯黑色。很快，这一点就得到了印证。多米诺身上皮毛的黑色毛尖一点点地变成了纯白色。在阳光照耀下，人们可以看到这些白

色的毛尖闪出银色光芒。

也就是说，我们应当叫它“银狐”，而不能再叫作“黑狐”了。

银狐，一直以来身价不菲。

银狐的皮毛比其他普通狐狸的皮毛珍贵许多，这里面有三个原因：第一，银狐的数量少之又少；第二，银狐聪明绝顶，人们很少有机会抓住它，物以稀为贵嘛；第三，银狐的毛皮确实太漂亮了。

钻石是一种价格很高的宝石，但即便同为钻石，相互之间也有光泽等级之别，并因此产生了不同的价值。与此类似，银狐也有等级高低之分和价值贵贱之别。不同等级的银狐皮毛，决定了贵贱不等的价格。同时，皮毛的完整程度也会影响价格。

深秋时节，白露为霜，多米诺身上一袭黑色毛皮显得格外耀眼。

夜幕之下，繁星当空，多米诺黑色毛皮上的银白毛尖越发闪耀夺目。这个时候，多米诺已经不再是之前的黑色狐狸，全然是一只银狐了。

有关银狐的传奇故事逐渐流传开来。阿普的那只大笨狗库洛几次追逐银狐的逸闻趣事也跟着传播开来。

认识库洛的人根本不相信后面那个故事。就库洛的智商来说，它怎么可能有机会追得上银狐呢？

不过，有人还是愿意用库洛作为诱捕银狐上钩的诱饵。

“库洛笨是笨了点儿，但靠它把银狐引出来，我们再想办法抓住银狐，肯定会容易许多。”

库洛已经成为一只凶猛的猎犬，更重要的是它早已不像之前那样笨了。它的叫声就可以说明这一切。别说是狐狸，就是人，只要听过它的叫声，就会记忆犹新。

库洛的叫声很特别，狂吼中夹杂着刺耳的颤音，这两种声音混杂在一起后会产生无比恐怖的效果。

在一个深秋的傍晚，我正一个人在山脚下溜达。突然，一阵恐怖的狗叫声从远处传了过来。我听出这个声音正是库洛发出来的，因为它的声音让人过耳不忘。库洛一个劲儿地狂吠，显然它遭遇了什么猎物。

我俯下身子仔细倾听。

不大一会儿，一阵踩踏树叶的“咔嚓咔嚓”声在我附近响了起来。

接着，我就看到眼前出现了一只纯黑色的狐狸。我和它相距大概五十米。在注意到我之后，它在原地停下来，两只前爪搭在一根原木上，两只后爪蹬着地。

我不慌不忙地将手掌心放在嘴边，用力地吮吸，发出一种像是狐狸叫的“啾啾”声。

这个声音刚发出来，眼前的狐狸就马上扭头，朝着我这边飞快地跑了过来。到距离我大概二十米的地方，它再次停了下来。

我望着眼前的狐狸，心里不住地赞叹。这只狐狸通体黑色的毛皮，毛皮的尖端都是白色的毛梢。它简直就是一件美轮美奂的艺术品，漂亮得让人难以置信。

“天哪，真不敢相信，世界上居然有这么漂亮的狐狸！”

在赞叹过程中，我也猛然醒悟："这只狐狸莫非就是人们口耳相传的那只银狐！"

我眼睛一眨不眨地盯着这只闻名已久的银狐。

银狐可能是感觉后面的猎犬要追上来了，作势要逃跑。我再次模拟出狐狸的"啾啾"声。银狐猛地抬头凝视我，愣了片刻之后，掉头转身，一溜烟儿消失了。

银狐逃走不久，库洛就赶到了。这只大笨狗依旧兀自叫个不停，路边的草丛也被它杂乱的步伐踩得"呼啦啦"乱响，它笨重的身体在跑动中则发出"呱嗒呱嗒"的声音。与刚才银狐的优美身姿相比，库洛的跑步姿势真是丑陋无比。

在库洛那双充血的眼里，只有银狐才是可以引起它兴趣的东西。除此之外，了无趣意。它来这里只是不停地"汪汪"直叫，张着大嘴吐着舌头，鼻子里呼哧着粗气，眼皮都没朝我这边抬一下。循着银狐留在地上弯弯曲曲的爪印和附近的气味，库洛没做停留就跑远了。

这只大笨狗表现出来的疯狂和执拗，让我有些担心。

我赶紧模拟老鼠的叫声，想岔开库洛追捕银狐的注意力。可是，它却丝毫没有上当。如今，在它的脑子里只有一个想法——追上银狐。

库洛如果能追上银狐，后果不用想都可以知道。一想到库洛那毛发尽竖的样子，我就不禁联想到库洛怎样撕咬银狐的恐怖场景。

此前，我也从事过猎手的工作，所以始终认为猎犬是人类忠诚可爱的好帮手。但是，今天我目睹了银狐和库洛后，我就开始厌恶这只拼命追逐银狐的猎犬。要知道，它不是在追逐别的猎物，而是在追逐一只漂亮无比、机敏聪慧的银狐啊！当然，库洛那粗笨的样子也不会让我有任何好感。

扫描二维码
听导读

狐狸“白围巾”

冬天到了，人们都没什么农活儿可干了。于是，年轻人就张罗着捕捉狐狸。而且，能抓住多米诺那样一只闻名遐迩的银狐是他们梦寐以求的事情。不过，多米诺聪慧多智，从来就不上他们的当。在与库洛和人类的几番较量中，多米诺已经掌握了很多生存智慧，可以使用好几种逃生术。它所有的聪明才智都是为了生存下去。

对多米诺来说，冬天意味着它的生活将会非常地枯燥乏味。白天，它只能找个光秃秃、没有树木和草丛的地方蜷缩成一团，整个身体躲在尾巴里，蓬松的大尾巴把头给盖了起来。不过，它睡觉的时候也不会放松警惕，一旦有什么风吹草动，它就会机警地睁开眼睛，警惕地观察四周形势。

等到太阳落山后，多米诺结束了一天的沉睡，开始站起身来，四处寻找食物。

在野外世界中，动物们一般都很喜欢繁星点点的夜晚，或是月光皎洁的夜晚，或是风停雪住、天地之间一片大亮的夜晚，这样的环境有利于出猎觅食。和漆黑一团的夜晚相比，在明亮的夜晚，动物们可以更清楚地看见猎物。要知道，就算是视力绝佳的动物，在没有一丝光亮的夜晚，它们也是不容易看清楚四周环境的。所以，它们才会喜欢有光亮的夜晚。况且，借助光亮，它们更方便避开敌人。

等到太阳落山后，四周都逐渐黯淡下来，多米诺才会出去捕猎，这已经是它的习惯了。它的另一个习惯是每次出猎时都要选择逆风前进，这样它可以捕捉到随风飘来的各类气味和信息。

一般情况下，它会故地重游，去那些曾捕到过猎物的地方转一转，消除掉残留的气味。下一步，它再爬上山顶。爬行过程中，出于安全考虑，它会时刻观察四周环境。一旦中间听到可疑的声响，它也会发出声音，看能不能把猎物或是敌人引出来。

为了观察情况，多米诺还曾经多次爬到歪脖子树枝上，或攀爬到高耸的石头上。如果实在找不到可供攀登的东西，它就会像一根弹簧一样，“啪”的一声跳起来，这样至少可以保证看得更远一些。

夜间觅食期间，它一向沉着冷静，悄无声息地靠近农场庄园。尽管差不多每个农户家里都可以找到食物，但同时每家每户都豢养着猎犬。总之，安全才是第一位的。

多米诺有两种到农户家觅食的方法：一种方法是径直冲进农户家中。一般而言，它进去后，即便遇到什么危险，也可以很快找到逃脱的路线。另一种方法是投石问路。它先在农户庭院外面叫上几声，听着就像是挑衅似的。它这么做是想看看院子里的反应。如果有猎犬冲出来，它就溜之大吉，走为上策；如果没有猎犬出来，至少意味着猎犬是被拴着的。此时，多米诺就可以大摇大摆地从农户后院进去，放心大胆地找它要吃的东西。

肥鸡是农户家中最好吃的食物了。有一点必须记住，在偷鸡的时候，必须一口咬住鸡脖子，免得它发出声响来。

农户家中只要是能吃的东西，多米诺从来都不嫌弃。就算是鸡吃剩的面包屑，或是被老鼠夹夹死而扔出来的死老鼠，多米诺都来者不拒。多米诺实在找不到什么可以吃的东西时，它甚至可以把脑袋伸进猪槽中，对付点儿猪食来填饱肚子。

一周之内，如果能有五次吃到好食物，在接下来的时间多米诺哪儿也不去，照样可以维持生命。不过，它始终坚持每晚都要出去觅食，而且每次也总能找到吃的。

在野外世界中，每个动物都会有自己的领地。它们一般就在自己的这块领地之内活动，也不允许别的动物侵犯自己的领地。一旦发现有入侵者，它们就会本能地要将对方驱赶出去。不过，前提是自己比对方要强大，否则，还有可能面临自己被赶出领地的后果。

一个深秋的晚上，多米诺的内心突然升腾起一种前所未有的感觉：

“我为什么觉得很孤独呢！现在如果有个伴儿就好了！可是，它现在在哪儿呢？”

从此以后的夜晚，每当月亮升起，多米诺就会爬上小山冈，伸长腰身，拖着长腔冲着远方呼喊：

“呜——噜——噜——噜——”

它在说：“我好孤独啊！”

它来回叫上几遍之后，就会停下来，支棱起耳朵仔细聆听，想听听有没有什么反馈。可是，每次它收到的都是令人失望的结果。

时间就这么一天天过去了。二月份的一天晚上，多米诺又是这般叫喊一番之后，突然发现远处雪地上出现了两个动物奔跑的身影。它顿时来了精神，马上朝着那两个身影追了过去。

多米诺一边跑，一边观察地上的足迹。哦，它认出来了，一只是住在河边的那只脸皮厚的雄狐狸。好在，这个脸皮厚的家伙和自己没什么恩怨。

多米诺继续追逐，赫然发现地上有另一行狐狸留下的足迹。

这些足迹既然不是那只脸皮厚的狐狸留下的，那么必定是另一只狐狸的。多米诺顿时火冒三丈，居然有其他狐狸未经许可就侵入了自己的领地！多米诺循着这些足迹一路追下去。然而，它追着追着，心态发生了微妙的变化，怒气也渐渐消了。那是因为，它发现这些足迹其实是一只雌狐狸留下的。

多米诺此时便只顾专注于追踪那只雌狐狸留下的足迹。很快，它的怒气再次升了起来。原来那只脸皮厚的雄狐狸的足迹一直出现在雌狐狸的足迹附近，而且明显是一路尾随着雌狐狸的。

多米诺有些气急败坏了。它加快了追逐的步伐。很快，它就看到前面出现了两只狐狸的身影。一只自然是那个“脸皮厚”，另一只不用说，就是那只雌狐狸了。它俩你追我赶，打闹嬉戏，玩儿得不亦乐乎。

多米诺看它俩竟然这般卿卿我我，不禁怒火中烧，便冲了上去。

此时，正和“脸皮厚”玩乐的是一只灵巧可爱的红色雌狐狸。这只雌狐狸脖子四周长着围巾一样的白毛，出落得高贵优雅。

多米诺一个箭步就冲到了这两只狐狸的附近。“脸皮厚”猛然发现出现了一个不速之客，马上扭头瞪着多米诺，还龇牙咧嘴发出毫不友善的声音。

对于多米诺的突然出现，雌狐狸表现得极为冷淡。

多米诺对于雌狐狸的反应略感失望。不过，这肯定和“脸皮厚”脱不了干系。它很快又把仇视的目光转回“脸皮厚”。

“脸皮厚”和多米诺四目相对，杀气腾腾。眼看一场厮杀就要开始了，雌狐狸见状马上闪到一边离开了。这两只雄狐狸看到雌狐狸走了，也顾不得打斗，赶紧掉头，上前追赶雌狐狸。

这两只雄狐狸很快就追上了雌狐狸，然后一左一右把雌狐狸夹在中间，彼此之间你瞪着我，我瞪着你。

走出了一段距离，红色雌狐狸开始向多米诺一侧靠近了一些。“脸皮厚”见此情景，不免有些气恼，便龇牙低吼，试图威胁多米诺。不过，多米诺毫不介意，用身体轻轻一顶，“脸皮厚”就摔倒在了地上。

就在两只雄狐狸相撞的时候，雌狐狸再次溜走了。两只雄狐狸顾不上较量，第二次追上来，把雌狐狸夹在中间，继续向前奔跑。

过了一会儿，雌狐狸重新向多米诺一侧慢慢靠近。一段时间之后，三只狐狸停了下来。雌狐狸已经和多米诺站到了一起，而“脸皮厚”却只能孤零零地站在了另一边。

看到“脸皮厚”还不愿死心，多米诺立刻分开四肢，脖子上的毛发尽数直立，凶神恶煞地站在“脸皮厚”面前。这时的多米诺已经亢奋到了极点，就连漂亮的尾巴都竖了起来，龇牙咧嘴，嘴里还不停地低吼，发出“呜呜”的声音，迈起脚步一点点逼近“脸皮厚”。

接着，跟在多米诺身后的雌狐狸也不甘示弱，配合着多米诺，一同逼近“脸皮厚”。

看着多米诺和雌狐狸的所作所为，“脸皮厚”终于明白胜负已判，再待在这里也没有什么用了，只好恨恨地转身，悻悻而去。

多米诺就这样赢得了美人芳心。其实，这场配偶争夺战就是它和雌狐狸的结婚仪式。荣升新娘的雌狐狸，脖子上有一条白色卷毛，像雪白的围巾一样漂亮。因此，我们就叫它“白围巾”吧。

小姑娘的奇遇

春天到了，大山深处一片生机。

山上皑皑积雪开始融化，冰封的河流开始解冻，小鸟在森林里唱起迎接春天的歌谣，青蛙也在你一言我一语地喧闹着，林间的小松鼠开心地跳来跳去。

多米诺和“白围巾”每天都在森林里四处活动，亲密地依偎在一起。它们仍然彼此相爱，就跟刚开始一样，只不过少了一些之前的那种热烈，多了缔结婚姻后的深沉和持久。

野生世界的动物们，各有各的婚姻方式。随着时间的流逝，经历世间沧桑，它们终究会明白：最幸福的事还是和对方终生厮守。聪明机智如多米诺，当然也要和一只心仪的狐狸结为伴侣，共度一生。

同人类的婚姻一样，多米诺和“白围巾”都把对方看成了此生不渝的另一半。

面对春天的到来，它们和大山里的其他动物一样，心里充满了欣喜雀跃。

山间小河汩汩流淌，就像一首明快的春之歌。多米诺和“白围巾”在山间林地四处奔走，像是在找一件丢失的东西。

事实上，真正在找东西的是“白围巾”，多米诺不过是跟在“白围巾”后面罢了。

“白围巾”带着多米诺一路寻找，可到处都是其他狐狸留下的气味。这些气味就是一种警告：“此地有主，非请勿入，否则后果自负！”

多米诺和“白围巾”只好继续往前寻找，此时已经进入大山深处了。最后，它们来到了一片长满茂密白杨树的地方。这就是多米诺幼时生活的地方。“白围巾”相中了这个山谷，原来它是打算在这里建造自己的家。其他地方还是冰霜冻土，泥土硬邦邦的，而这里的泥土已经非常松软了。

“白围巾”负责挖洞，多米诺负责侦察敌情。多米诺爬上一座小山丘，四处打量，防备有敌人入侵。又过了一会儿，它们调换了一下，由“白围巾”负责把风，多米诺则下去挖洞。

三天后，一个符合“白围巾”心意的洞穴终于挖成了。从洞口进去后，是一条长长的隧道。隧道一路延伸，曲折向上，最后又来到地面。而在隧道的中间是一个横向的洞穴，这个洞穴就是它们的卧室。

挖洞过程中产生了很多的泥土，如今都堆积在洞口，堆出了一个小小的土堆。泥土就这么在洞口堆着，显然是不安全的。这就相当于告诉了敌人洞口所在。因此，“白围巾”来到洞口，打开一个新出口，然后用小土堆封住了原来的出口。这样的话，新的入口就隐藏在了茂密的树丛之中，就不容易被敌人发现了。

又过了几天，杂草很快就长满了那个小土堆，这样敌人就更难发现这里有一个狐狸洞了。

多米诺和“白围巾”为了洞穴的安全，简直是煞费苦心。比如说，它们每次外出回来，在进洞之前，要先去河里洗掉自身的气味才行。

有一天，多米诺在树林里遇到一个穿着长长外套的小姑娘。小姑娘的手里还提着一个篮子。

多米诺心想："看上去似乎很安全啊！"

这个小姑娘当然不危险，她不过是来森林里摘野果的。

看到多米诺，小姑娘也高兴万分：

"真是一只漂亮的狐狸！如果能摸一摸它光滑的皮毛就太好了！"

这个和蔼可亲的小姑娘吸引住了多米诺，它不自觉地朝着小姑娘跑了过去。

正在这时，一只小狗从小姑娘身后跑了过来，嘴里发出"汪汪汪"的叫声。

还没等小狗跑过来，多米诺就已经消失不见了。真是可惜！和这个小姑娘刚刚建立起来的感情，被这只捣乱的小狗给破坏了。

小姑娘回到家后，见人就分享她在森林里的奇遇：

"那是一只非常漂亮的狐狸，它长着一双善良美丽的眼睛！"

打败大笨狗库洛

当整个森林都被春天的画笔涂上翠绿色的时候，“白围巾”的行为方式也发生了变化。不知何故，曾经亲爱无比的丈夫多米诺，如今在“白围巾”眼中却变得碍手碍脚。

一次，多米诺正要往洞里钻，突然被“白围巾”“哇”的一声喝止住了。这一声威慑力十足的喝止明明白白地告诉多米诺：“不准你再进来！”

事实上，只有“白围巾”最清楚洞里面发生了什么事。原来“白围巾”已经生下了五只小狐狸宝宝。这是“白围巾”第一次生育，整个生产过程十分顺利。虽然先前没有任何生产经验，“白围巾”却处理得麻利熟练。

怎样挖洞？怎样生小孩……没有谁教过“白围巾”，那么它是如何学会这些技能的呢？

其实，是大自然赋予的本能引领它做了这一切。

小狐狸宝宝们个头非常小，样子也很丑陋。如果谁看过刚生下来的小狐狸宝宝，肯定会说：

“天哪！丑死了！”

不过，在妈妈“白围巾”看来，这些宝宝一个比一个可爱！它一会儿搂一搂它们，一会儿又舔一舔它们，细心地照料着这些小宝宝。“白围巾”太喜爱自己的孩子们了，它只想时刻都和这些可爱的宝宝待在一起，不让任何人打扰这份美好的生活。因此，就连多米诺也不例外，“白围巾”照样会将它赶出洞去。

这些天，多米诺只好在洞外周边活动。直到有一天，“白围巾”终于走出了洞穴，去不远处的河边喝水。藏在土堆后的多米诺看到了“白围巾”，而“白围巾”却毫不理会，自顾自地喝水，然后又返回了洞穴。

生完孩子以后，“白围巾”靠着吃之前储存在洞里的老鼠充饥度日。这些老鼠都是它在生孩子之前就准备好的，不过日子久了，存货也快吃完了。

一天，“白围巾”刚走出洞穴，就发现洞口放着三只死老鼠。很简单，这些都是多米诺放的。没有人指挥多米诺这么做，但本能告诉它，作为丈夫，它有责任照顾好正在抚育自己孩子的妻子。

在多米诺和“白围巾”的关爱呵护下，小狐狸们快速成长。

在一个月大的时候，小狐狸们第一次在洞外亮相。这些小家伙圆圆的、胖胖的、短短的，就像五个毛线球一样，走起路来摇摇晃晃、东倒西歪。

胖乎乎的小狐狸宝宝们可爱极了，已经完全褪去了刚出生时的丑陋模样。世间最美好的词语也无法形容小狐狸宝宝们的这份可爱！

多米诺和“白围巾”特别在意自己孩子们的成长和安全。无论是在洞里，还是在洞外，它们对这些宝宝又是亲又是抱，脸上始终洋溢着甜蜜。可以这样说，为了这些孩子，它们愿意去做任何危险的事情。

小狐狸们一天天长大，变得强壮了不少。多米诺夫妇看着它们健康成长，感到无比的幸福。不过，这个世界从来就没有永恒的幸

福。短暂的幸福中往往孕育着不幸，而且不幸偏爱在无人察觉的时候突然降临。

这天，多米诺正叼着猎物往洞穴走，突然猎犬的狂吠声传到了它的耳朵里。

多米诺不禁打了个哆嗦，要知道这个声音它太熟悉了，这是猎犬库洛的声音！

多米诺保持住最后的镇定，毫不犹豫地朝着库洛叫唤的方向跑去。“白围巾”则赶紧把小狐狸们赶回洞中，藏在最深处。

多米诺没有回到洞中而采取这个做法的目的就是为了引开库洛。它原本的计划是引开库洛后就逃走，哪承想库洛依然追了上来。现在的库洛已经不是之前的库洛了，它比小时候跑得快多了，多米诺想要再摆脱库洛的追赶不再是一件容易的事。

库洛刚才正在追踪“白围巾”，因为它发现了“白围巾”留下

的足迹。然而，多米诺的突然出现，彻底打乱了它的计划。这让库洛恼羞成怒，它发出愤怒的叫声，并向着多米诺这边冲了过来。

多米诺引着库洛东躲西藏，折腾了一番之后，暗自盘算：

“我应该已经把库洛甩掉了吧！”

哪承想，不管多米诺怎么耍花招，这次库洛已经不好骗了，它就是目不转睛地盯着多米诺。看来，库洛已经不是之前那个愚蠢的库洛了。在长期的追逐与被愚弄之后，它也成长了起来，脑子里也积攒了很多对付多米诺的诀窍。

多米诺和库洛就这样你追我赶，紧张而又激烈地追逐着。

过了一会儿，多米诺开始带着库洛往陡峭的悬崖跑去。

多米诺假装朝着河岸跑，这样就可以避免库洛识破其中的玄机，然后神不知鬼不觉就把穷追不舍的“追兵”引到悬崖上。

多米诺跑着跑着突然放慢了步伐，速度不再像刚才那样飞快。

库洛看着前面行动渐渐变得迟缓的多米诺，心里顿时乐开了花：这只臭狐狸怕是跑不动了吧！库洛精神大振，喘着粗气，加速向多米诺追去。

此时，多米诺已经跑到了通往悬崖的道路上。库洛开始觉得有些不对劲儿，但注意到狐狸奔跑的速度更加缓慢了，便也来不及思考，就一鼓作气追了上去。

“坚持就是胜利！”库洛不断地给自己打气。眼看就要追到狐狸的时候，多米诺已经跑到了悬崖的羊肠小道上。还没等库洛伸出利爪抓住多米诺，多米诺已经像是被一阵风刮起来一般加速奔跑。库洛眼巴巴地看着几乎到嘴的肥肉就这么溜了，心里无比懊恼。然而，它很快就意识到这并不重要，当前最关键的是它陷入了进退维谷的境地。踩着羊肠小道，膀大腰圆的库洛顿觉大事不好。还没容它多想，它的肩膀就碰到了悬崖壁，然后就被弹了出去，直直地坠入悬崖下湍急的河流中。

“扑通！”

库洛掉进水里的瞬间，激起了巨大的浪花。河水冰凉刺骨，漩涡翻滚。

多米诺并没有马上离开，它站在悬崖顶的羊肠小道上，目睹了库洛坠落的全过程。库洛从掉落到入水几乎就是一眨眼之间的事情。

库洛掉入水中后，被湍急的河水击打得狼狈不堪。它奋力挣扎，试图掌握游泳的方向，却一次次被漩涡拖入水中。在翻了无数次跟头，被激流无数次卷入河底后，库洛的整个肚子已经灌满了冰冷的河水。

激流冲击它脱离水面，又拽着它坠入河底。河底的岩石像锋利的锯齿一般，狠狠地割伤了库洛。当库洛几乎要放弃挣扎的时候，被一股巨浪推到了岩石上，紧接着又被用力地拍到了岸上。它终于从水中解脱出来了。

库洛几乎体无完肤，肚子里也灌满了河水。它没办法返回主人家中，就这样痛苦地趴在岸边挣扎了一宿。在当年的春天和夏天，它都不能出门追捕狐狸。

迷魂药

夏天又到了。

这天，多米诺为了守候猎物正躲在茂密的草丛中。突然，一种特殊的气味传到它的鼻子中，于是，它便循着这种气味一路找了过去。正走着，一个身形庞大的动物忽然出现在它的眼前，气味就是从它的身上散发出来的。这个大家伙通体是明亮的红色，红色之中还夹杂着白色的斑斑点点。

多米诺就停在这个大家伙的身后，仔细打量着它。要是多米诺换个角度，从正面走过去，这个动物早就跑掉了，因为多米诺此时的样子让人觉得是要发起攻击。

远远看上去，这个大家伙全身耷拉在地上，就像是死了一样。不过它那双大而圆的眼睛一眨一眨的，证明它还活得很健康。这时，这个大家伙也注意到了多米诺，它那明亮澄净的眼睛透出一丝的胆怯。

捕捉到对方眼中的恐惧后，多米诺顿时来了兴致。它此刻脑子里升出一个强烈的念头，那就是搞清楚这个家伙到底是什么来历。

事实上，这是一只小鹿。在这一带活跃的鹿并不多，而且多米诺正巧也没见过。所以，它对于这只躺在草丛里的新动物真的是一无所知。

多米诺小心翼翼地靠近小鹿，一点儿一点儿往上靠，就在它要扑上去的时候，小鹿霍地站了起来。它发出悲哀的叫声，蹬着四只脚，似乎是想从这里逃走。

看着这只小鹿慌不择路逃跑的样子，多米诺突然觉得很有意思，于是更不愿意放过它，便马上追了上去。

就在这时，多米诺听到一阵“咚咚”的声音，好像是什么东西在用力踩踏着地面。

多米诺不经意地回头一看，原来是鹿妈妈来了。鹿妈妈凶神恶煞地跑过来，看上去就像一个怪物。它身上的毛全部倒竖起来，愤怒的火焰从两只眼睛喷射出来。

多米诺心知不妙，想赶紧开溜。然而，快如闪电的鹿妈妈岂容它走掉，一眨眼的工夫它就追上了多米诺。鹿妈妈用两只强劲有力的前腿踢打多米诺，多米诺吓得赶紧躲开了。一计不成，再生一计。鹿妈妈开始用身体接二连三地撞向多米诺，多米诺每次都侥幸地躲开了。

多米诺好不容易才逃进了树林，鹿妈妈仍在后面穷追不舍，再次伸出前腿踢过来。没料到它这一脚没踢到多米诺，却结结实实地踢到了树枝上。这根树枝被踢得整根都飞了出去！当然，鹿妈妈的脚也疼得不轻。

至此，鹿妈妈才没再继续追多米诺。

多米诺从今天的经历中悟出一个道理：不认识的动物不见得安全，甚至更有可能是致命的敌人。

其实，有可能让它丧命的还有波顿叔叔的孩子们设置的猎狐夹子。

不过，放置这样的夹子可不是这哥儿俩擅长的事情。他们往往把放好的夹子丢在森林，此后一年的时间根本不管不顾。

他们放的夹子如果能夹住狐狸，那么这一定是最最蠢笨的狐狸。稍微有点儿脑子的狐狸，都可以轻易地避开他们的夹子。在那些聪明的狐狸看来，躲开猎狐夹子一点儿都不费事，它们反倒是认为放置这种夹子的人才是大笨蛋。

多米诺在它经常往来的路上，总能见到波顿叔叔的孩子们放置的猎狐夹子。多米诺对这些夹子总是嗤之以鼻，有时候还会在夹子周围的石头或是被砍伐后的树桩上撒上一泡尿，以示轻蔑之意。

不过，波顿叔叔的孩子们很快就获得了一种猎狐的新技能。关键是他们从北方来的樵夫那里得到了一种有特殊气味的药水，这种药水就像勾魂摄魄一般能引狐狸上钩。

樵夫给孩子们讲了这种药水的制作过程。他首先从海狸身上提取出油脂，然后和苦艾混合在一起，榨出汁来，再加些药材进去就行了。

樵夫教导孩子们：

“这种药用上两三滴，人就会晕晕乎乎的。如果给狐狸用上，它保准能像被勾了魂一般。你们只管把这种药水涂抹到猎狐夹子上，我可以保证能把狐狸给引来。”

听了樵夫的话，波顿叔叔家的孩子们异常兴奋，马上拿着装有药水的瓶子跑进森林里。找到他们之前放置的猎狐夹子，然后按照樵夫教授的方法，他们把药水涂抹上去。

对于人类来说，这种药水散发出来的气味十分微弱。不过对于嗅觉发达的狐狸来说，不费吹灰之力就能清晰闻到这种气味了。

一切准备就绪，只等着狐狸上钩了。

一天，多米诺正在森林里走着，忽然就嗅到了特别的气味。没错，就是药水的气味。它禁不住循着气味找了过去。

多米诺有着非常灵敏的鼻子，它在奔跑的过程中始终能嗅到这种气味。这种气味让多米诺感到很舒服，同时也激起了它的好奇心。就像人类听到嘹亮的喇叭声就会想知道喇叭长什么样子一样，多米诺此刻很想知道这种诱人的气味是从哪里散发出来的。

在跑了将近两公里之后，多米诺来到了它熟悉无比的地方。这里就是波顿叔叔的孩子们放置猎狐夹子的地方。

多米诺从没拿正眼看过波顿叔叔的孩子们放置的猎狐夹子。以往，它遇到这个简陋的夹子多半会径直走开。不过，今天它觉得有些不一样，便停了下来。事实上，这里没什么不一样，只不过多了一种奇怪的气味而已。药水的气味在多米诺身上起了作用，它头脑中开始出现幻觉。往日脏兮兮的烂泥河岸，今天在余晖中显得格外美丽妖娆。环境变好了！

多米诺陶醉在这个美丽的环境中。它不停地抽动鼻子，想吸入更多的气味：

"啊……"

多米诺就像喝醉了酒一般，步履变得蹒跚。奇妙的感觉像电流一般传到了它身体的每一处，它的魂魄已经全部被带入了幻境。

它清楚地看到前面就是猎狐夹子，可是它却控制不住自己前进的脚步。药水支配着多米诺一步一步地走向猎狐夹子。

走着走着，多米诺突然一头栽在了地上。它舒服地用头拱拱地，伸展开四肢，任由美丽的银色毛皮杂乱地触及地面。它已经彻底坠入了梦境。

突然“咔嚓”一声，猎狐夹子弹了起来，将多米诺的后背牢牢地夹住了。

“啊！”

后背的剧痛一下子就将多米诺从梦境拉回了现实。它大声惨叫，试着要站起来。它拼命一挣，后背从夹子上挣脱了出来。它很庆幸夹子没有夹住它的腿，否则它只能在这里坐以待毙了。

多米诺不假思索，赶紧带着后背上火辣辣的疼痛仓皇逃走了。

幸运的多米诺

波顿叔叔家养的鸡跟之前一样，还是在一个劲儿地失踪。

波顿叔叔有些恼怒，他大声吼叫孩子们：

“你们不能想想办法吗？连一只偷鸡的狐狸都抓不住吗？看样子，还非得我亲自出马放置猎狐夹子才行了。”

波顿叔叔果真向森林走去。

波顿叔叔发现孩子们设置的猎狐夹子有很多问题。要想让狐狸上钩，在设置夹子的时候必须点燃一些杉树枝，用冒出的烟熏烤猎狐夹子，才能去除夹子上铁的气味。孩子们忽略了这一点。

然后，波顿叔叔把涂在夹子上的迷魂药的气味也清理掉了。

“笨狐狸才会抵抗不了这种药水的诱惑。对于聪明的狐狸来说，它们太警觉了，可以轻易发现气味的异常，因此根本就不会靠近夹子。想用这种药水来引诱狐狸绝对是缘木求鱼。要我说，自然的气味才是最有效的对付狐狸的办法。”

孩子们大惑不解，齐声问道：

“什么能发出自然的气味？”

“新鲜的鸡血！”

波顿叔叔一边说，一边像个职业猎人一样，将夹子设置好，放在地上，再找些杉树枝轻轻地覆在夹子上，然后又放了一点儿鸡肉，最后洒了几滴新鲜的鸡血。

果不其然，两三天后的一个晚上，鸡肉的气味最终将多米诺吸引来了。

“哇！这里有好吃的！”

不过，多米诺转念一想，又回想起上次痛苦的经历，它分明记得那次它嗅到了人类和铁器的气味。

“真是一次可怕的经历！”

不过，这次没有这些气味，连上次那种药水的气味也没有嗅到一丝，空气中只是弥漫着微微的烟熏气味。

“只有人类能制造出烟熏的气味来！”

多米诺暗暗提醒自己。

它向一边靠了靠，这边的烟味儿小了些。“我可不能重蹈覆辙！”

想到这儿，它不禁向后退了两步。

“咔嚓！”

波顿叔叔设置的猎狐夹子奏效了。它一下子就将多米诺的一个脚掌夹住了。

“啊——”

多米诺发出痛苦的惨叫，想着跳起来赶紧逃走，却被夹子给死死地拽住了。原来夹子上绑着一根长长的绳子，绳子的另一端就系在树桩上。

为了让脚掌从夹子里挣脱出来，多米诺对着绳子又咬又啃，在地上来回打滚儿，想尽一切办法却没一点儿效果。这次它可不像上次那么幸运。夹子夹住脚掌可远比夹住后背牢靠得多。多米诺试图用尽气力从这个坚硬的铁夹子里挣脱出来，但夹子仍是纹丝不动。

整整一宿，多米诺都在拼命地挣扎，脚掌上流出的血水已经把它的身体给染红了。多米诺已经放弃了求生的欲望，心如死灰的它暗暗祈祷：

“让我赶快死了算了！”

天蒙蒙亮的时候，一阵脚步声从附近传了过来。

多米诺疲惫地喘着气，向脚步声的方向望过去。

多米诺大叫不妙，居然是上次遇到的那只可怕的母鹿！

母鹿也发现了多米诺，而且认出了它，身上的毛也瞬间竖了起来。不过，母鹿马上又回忆起来，上次它攻击多米诺，最终没能成功。

母鹿可不想放弃这个绝佳的机会，于是便奋不顾身地向多米诺冲了过来。

多米诺不甘心就这么被攻击，想起来躲开，但却被绳子给拉了回去。

母鹿这下算是看清楚了：多米诺被夹子夹住了！再对付这只狐狸，根本不需要费什么力气。只需要走上前，就可以一脚踢死它。母鹿放下心来，放慢了进攻的速度，表情却更加狰狞恐怖。

走到近前时，母鹿飞身跳起，将全身的力量都凝聚在双脚上，不偏不倚冲着多米诺踢了下来。

“咔嚓！”

突然，不知道从哪里发出来一个坚硬物体相互碰撞的声音。听上去，像是母鹿的蹄子碰到了什么硬东西。

当母鹿落地的时候，多米诺惊喜地发现：自己被猎狐夹子夹住的那只脚自由了！

它未作任何迟疑，起身就跑。

不过，因为被夹了一晚上，那只脚都麻木了，所以多米诺只能靠三只脚奔跑。眼看着母鹿又追了上来，多米诺在看到前面出现的一个栅栏后，迅速钻了进去。

母鹿一直在后面紧追不舍，却没料到有这么一个栅栏的阻挡，它高大的身躯根本不能像多米诺那样钻过去。正当它在犹豫要不要改道继续追时，小鹿的尖叫声适时响了起来。母鹿也顾不得再追下去，不情不愿地放了多米诺一马。

刚才到底发生了什么？多米诺脚上的夹子是怎么打开的呢？

其实道理很浅显。母鹿用力踢多米诺时，正巧踢到了夹子上的一个弹簧上。这个弹簧直接被母鹿踢飞了，夹子因此开了一个大口子。多米诺顺势抽出了那只脚，并幸运地躲过一劫。

这次历险再次让多米诺领教了人类的厉害。从此以后，它告诫自己要时刻牢记安全第一。它后来又多次躲开有人类和铁器气味的夹子。而且，只要是特别的气味，它都会避而远之。它明白不可知的事物往往意味着危险。因此，凡是它弄不明白的东西就直接被列为敌人。

养伤

扫描二维码
听导读

因为一只脚受伤了，在这一年的整个夏天里，多米诺都只能用其余的三只脚走路，而且它觅食的范围也只能局限在山脚下农户家附近。

为了避免受到人类的攻击，它选择仅仅在农户家的果园、森林边和院子的角落活动。

有一次，多米诺躲在草丛里，正等待猎物的出现，突然注意到对面有光亮在闪动。它仔细一看，原来是一双火鸡的眼睛。这只火鸡此刻正卧在草丛里下蛋。就在多米诺盘算着怎么袭击这只火鸡的时候，一个声音从身后响了起来。

它赶忙回头看，发现是一个提着篮子的小姑娘站在后面。

“哎！你不是狐狸吗？”小姑娘问道。

“你该不是又来干坏事吧？”小姑娘接着又问道。

小姑娘说的是什么，多米诺一句也听不懂，不过它分明能够感受到小姑娘身上的那份善意，这让它放心不少。

多米诺歪着脑袋，仔细倾听小姑娘说话。小姑娘继续用她温柔的声音和狐狸对话，接着又从篮子里找出可以吃的东西，扔给了多米诺。

啊！这个气味真是太好闻了！多米诺赶忙叼起来，一溜烟儿就跑了。

又过了几天，多米诺重新回到那天发现火鸡的地方。这次它就是奔着火鸡来的，然而他却发现周围有强烈刺鼻的铁器气味。这让它退避三舍。

其实，这都是那个小姑娘的杰作。她问她的爸爸，怎么才能做到既不会伤到狐狸，又能保护火鸡呢？爸爸教给她一个很简单的方法：在火鸡周围摆放各种铁片。狐狸对铁器的气味很忌惮，可以说是避之唯恐不及。

事实确实如此。在闻到铁片的气味后，多米诺不敢轻举妄动，只好打消了捕杀火鸡的念头。

又过了一会儿，多米诺发现一只母鸡正卧在院子外的一个角落里。这次它可不再含糊，蹑手蹑脚地靠近母鸡，一口下去，就咬死了母鸡。多米诺拖着母鸡回到了森林里。

事实上，这只母鸡卧在那里是在孵蛋。多米诺放下母鸡后，马上又返了回来。它将那些鸡蛋分好几次搬到了森林里，找个地方埋起来。最后，它又清除了鸡在这里留下的气味。多米诺埋藏那些鸡蛋，是为了以后饿的时候可以随时找出来吃。

可是如果埋的时间太久了，鸡蛋会不会腐烂变质呢？

没关系，动物们对此毫不介意。在它们饥饿的时候，能找到可以填饱肚子的东西就心满意足了。至于食物是不是腐烂，对它们来说，根本就不会成为一个问题。

藏好鸡蛋以后，多米诺又找到那只母鸡，叼着它回了家。

这个夏天，多米诺只能拖着伤腿一瘸一拐地走路。就算是有敌人出现，它也根本跑不快。不过，幸运的是，那个经常追逐它的猎犬库洛上次也摔伤了腿，根本无法走路，比多米诺的状况还要差很多。这样的话，多米诺出来给孩子们觅食，就不用担心这个难缠的敌人了。虽然腿脚不便，但多米诺这一年的收获也挺好。它在捕猎过程中总能感受到这其实是一件很快乐的事情。

夏天的食物很丰富，多米诺差不多每天都可以带着活的猎物回家。不过，这里的活物并不限于青蛙之类的东西。当然，不管是什么活物，多米诺都会借此训练孩子们如何捕猎。

一天，多米诺在河边发现了一只正在吃河贝的香鼠。这时雾气弥漫，多米诺慢慢靠近这只香鼠，香鼠却毫无察觉，继续自在地“咔嚓咔嚓”咬着河贝，完全没有想到危险的降临。

多米诺一点点靠近后，轻而易举就抓住了香鼠。

“吱——吱——”

香鼠一边声嘶力竭地尖叫，一边用尖利的牙齿胡乱咬来咬去。多米诺根本不予理会，叼着香鼠回了家。进入洞穴后，它将香鼠扔在孩子们中间。

小家伙们迟疑地盯着香鼠，不敢上前。香鼠吱吱地叫着，迅速躲到了一个角落里。这只香鼠还活着！小狐狸们很惊讶地发现了这一点，便纷纷拥过来，要咬死这只香鼠。

和普通的老鼠相比，香鼠无非个头大一些，牙齿锋利一些，但绝不是狐狸的对手。

更何况，这只香鼠身上还带着伤。小狐狸们将香鼠团团围住，就像是一群猎犬围猎一头小熊一般。

战斗很快就打响了！在小狐狸当中，有一个小家伙身体最结实，毛色也最黑，就数它对香鼠最感兴趣了。它向香鼠发起一次又一次的攻击。

仔细观察之后，小黑狐狸总结出香鼠的要害部位所在了。经过了几个回合，它终于咬住了香鼠的咽喉。香鼠就此气绝身亡。

在孩子们围攻香鼠的时候，多米诺和“白围巾”没有提供任何帮助，只是在一旁静静观战。只有经历了充分的磨炼之后，这些小家伙才能出去狩猎生存。

小狐狸们一天天地长大，身高已经赶上狐狸妈妈了。是时候该和爸爸、妈妈告别了。

最大的狐狸哥哥最先离开，然后是几个狐狸妹妹。很快，孩子们都走了，洞里最后剩下的就是多米诺和“白围巾”。

多米诺和“白围巾”不会时刻黏在一起，有时候也会分开一阵子，但并非永久分离。它们常常同进同出，相互帮助，相互照应。

时光飞逝，多米诺和“白围巾”渐渐淡忘了当初和孩子们分离时的感伤。而这对恩爱的夫妻会一直守护在一起，至死方休。

猎捕大雁

初秋的时候，多米诺脚上的伤已经差不多好了。伤愈后，多米诺很快重新成为山中速度最快的狐狸，而且它奔跑的耐力无比惊人。

这时的多米诺雄性激素最为充沛，浑身上下到处是使不完的劲儿。它很高兴自己能够拥有这么大的力量。在这座山上，多米诺也遇到过很多狐狸，但至今还没有见过有哪一只的奔跑速度超过自己。那只令人生厌的猎犬库洛，才是唯一让它有所忌惮的敌人。似乎是为了给将来某一天做好准备，它经常锻炼自己的速度、力量和耐力。或许到了那一天，它将与强敌进行一次惊心动魄的决战。

在大山上，雁群会在每年的春季和秋季飞到这里。它们在空中飞翔时，会一个个伸长脖子，像大喇叭一样齐声叫唤。它们有时会落在山上暂时休息一下，找点儿食物吃。

每当雁群经过的时候，山里就传来“啪啪”的枪声。那是人类在用猎枪捕杀大雁。

有一次，多米诺和“白围巾”发现池塘里浮着一只死雁。看样子，这只大雁被人类打中后挣扎着逃进了池塘，却还是死了。多米诺夫妇就把这只死雁从水里拖了出来吃掉了。

多米诺此前多次想用计谋猎捕大雁，可总是以失败而告终。

这天，多米诺和“白围巾”来到河边，正好发现一群大雁落在河边的田地上休息。田地里的庄稼都已经收割完了，只留下光秃秃的秸秆立在田地里。

多米诺和“白围巾”趴在河岸边，悄悄窥视着这些大雁。它们发现，因为田地里缺乏可供掩护的东西，靠近雁群并不是一件容易的事情。

多米诺和“白围巾”决定略施小计来猎捕大雁。

多米诺偷偷地藏进茂密的草丛中，这片草丛可以一直通到田地的中间。

“白围巾”藏身在田地周围的草丛中，悄无声息地转了半圈，最终来到田地的对面，然后走了出来。

这时在田地中间的大雁们纷纷伸长了脖子。很明显，它们都注意到了“白围巾”的出现。

“小心啦！有狐狸！”

大雁们相互提醒多加注意。

“白围巾”在原地跳起来，落在地上后就势打了个滚儿，然后躺在地上。过了一会儿，它匍匐前进几步。之后，它又弯曲着自己的尾巴，摆来摆去。就这样，它走一步停一步，停一步走一步，距离雁群越来越近了。

大雁们继续伸着脖子，一刻不闲地盯着这只狐狸。不过，狐狸距它们还不算太近，真要有什么危险，它们完全来得及飞起来。

“白围巾”就是靠着这种走走停停、停停走走的方式，一点点接近了雁群。

这是狐狸靠近并猎捕大雁、鸭子等猎物的一贯伎俩。

一只年长而经验丰富的大雁终于看出了其中的端倪，它发现尽管狐狸在地上匍匐前进，只是走走停停，却离雁群越来越近了。

“大家都要提高警惕！”

正在靠近雁群的“白围巾”注意到大雁的警告后，为了不打草惊蛇，它自觉往后退了一步。大雁们也跟着往后退了一步。

大雁们为了和“白围巾”拉出一个安全距离，继续慢慢地往后退。

然而，它们在后退的过程中，自感安全了不少，却完全没有留意到田地另一侧的草丛中隐藏着危险——多米诺。

雁群与多米诺所在草丛的距离越来越小了。就在雁群觉得足够安全，正要起飞的时候，多米诺突然从草丛中蹿了出来，一口就咬断了那只刚才发出警报的大雁的脖子。

就这样，多米诺和“白围巾”靠着自己的聪明才智，成功捕到了大雁。

光阴荏苒，岁月如梭，多米诺夫妇的感情越发深厚了。

木叶飘零，深秋已至。

十一月份，森林里的动物们每到秋月当空的时候就会做出一些令人不解的举动。它们变得忧郁，叫声也显得极为苍凉。这种情况直到今天还存在。

当然，多米诺和“白围巾”也不例外。秋月之下，它们举手投足都变得让人捉摸不透。

多米诺卧在山冈上，仰起鼻子，冲着天空嚎叫：

“嗷——嗷——”

它的这一声叫喊，立刻引起了远处其他狐狸此起彼伏的回应。

多米诺听到回应后，就立刻朝着大山的最高峰跑去。山顶最高峰寸草不生，四周全是悬崖峭壁，此刻已经有好几只狐狸聚集在这里了。

多米诺将身体藏在一块岩石的后面，仔细观察着四周的动静。这时，一只狐狸从旁边悄悄地靠了过来——它是多米诺的妻子“白围巾”。

一只只的狐狸出现在山顶附近，纷纷猫着腰，向山顶前进。在到达山顶后，它们蹲坐在地上，彼此相视不语。

“噜——噜——噜——”

多米诺则走来走去，嘴里发出奇怪的声响。其他的狐狸也跟着做出类似的动作，一边走一边叫。

“白围巾”也在队伍中走来走去，它和多米诺的表现就像是两个素昧平生的人一样。

终于，月亮西沉，山顶上又走又叫的狐狸们也各自散去，很快就消失得无影无踪了。

狐狸们在月夜究竟做了什么？做这些奇怪举动的目的何在？没人答得上来。

可以肯定的是，狐狸们在这个夜晚不会想到爱情，不会想到觅食，当然也不会想到战斗。

猎犬的追逐

冬去春来，狐狸们又迎来了恋爱的季节。

如今的多米诺，变得更加聪明了。以前，它在翻越山岭时，可能会愣头愣脑地就出来了。现在可不这样了。它会事先在山顶附近藏好，稍微露出脑袋，认真观察一下山岭的对面和侧面的情况。只有确认没有危险后，它才会翻越山岭。

一天，在翻过几个小山冈后，它驻足在一个山丘上远眺。这时，远处一个绵羊群闯入了它的视线。它同时发现有一只巨大的猎犬跟在羊群后面。

只见这只猎犬突然冲入羊群，照着一只绵羊的喉咙就咬了下去。在咬死这只绵羊后，它紧接着又咬死了两三只。

多米诺认出了这只凶残的猎犬，它居然是库洛。

库洛怎么会向绵羊下这种毒手呢？多米诺有些不明白。

突然，“砰”的一声枪响。库洛赶忙松开口中的绵羊，迅速躲到了旁边的岩石后面。又是一声“砰”的枪响，子弹打中了库洛。

库洛不敢在原地停留，带着伤很快就逃往了岩石附近的小山谷中。山谷中有条水路，如果库洛藏到水底的话，追赶的人是找不到它的。

连续的两声枪响也着实吓到了多米诺，它也赶紧掉头就跑。它的计划是穿过原野逃走，可令人遗憾的是，它的身影被人们发现了。

这次一共有十只绵羊被咬死了！羊主人气急败坏。他来来回回地观察地上的足迹，想弄明白到底是谁袭击了他的羊群。然而，刚才四下逃窜的绵羊们早已把地上的足迹踩踏得凌乱不堪。

主人断定是多米诺干的坏事，破口大骂：

“可恶的狐狸！我一定要抓到你！我一定要杀了你！”

羊主人想动员邻居们都去猎杀狐狸，可是没人附和他。

整个三月份，又发生了好几起羊群被袭击咬死的事件。这下子，人们坐不住了，认定罪魁祸首就是狐狸，纷纷嚷着要去猎杀狐狸。

不过，也有人提出不同的看法：

“羊群被袭击的地方，我看还有猎犬的足迹。”

这个意见没有人听得进去。他们无法想象凶手怎么可能是猎犬而不是狐狸，心里早已认定是“山上那只狐狸”做的坏事。

人们已经拿定主意，不抓到狐狸誓不罢休。

除了那几家遭受袭击的羊的主人外，还有一些猎人自告奋勇地参加了进来。他们是看中了银狐身上漂亮的毛皮。所以，这次参加围猎狐狸的人心里各有各的小九九。

猎犬库洛的主人阿普与波顿叔叔向来关系不和睦，便缺席了这次围猎行动。行动当天，他前往别的地方打猎去了。

围猎的队伍非常庞大。这天，一个小分队先出发了。此刻，“白围巾”正在河流上游的山谷里活动，它和多米诺仍旧住在它们的洞穴里。

猎犬进入山谷后，马上就嗅到了“白围巾”的气味。它们急不可耐地狂叫着，循着“白围巾”的气味一路追了过来。羊主人和猎人们却没有跟过来，他们知道狐狸一旦被猎犬追逐，八成会往自己的领地跑，因此都端着猎枪埋伏在狐狸的必经之路上以逸待劳。

猎犬们连续的吼叫声早已传到了“白围巾”的耳朵里。这提醒它，自己已经成了猎犬们竞逐的目标。

“白围巾”这时候却行动不便，因为它怀孕了，此时挺着大肚子。再过两三天，它就该生产了。“白围巾”现在的状态并不适合奔跑来躲避猎犬们的追踪，然而它别无选择。

“白围巾”掉头朝着山谷的河边跑去。在天气晴朗、空气清新的情况下，它在河边奔跑可以很快消除掉自己的气味。可糟糕的是，此时积雪正在消融，地上满是泥泞。

没跑出多远，“白围巾”的脚上、肚子上、尾巴上都沾满了泥巴，浑身上下都是黏糊糊的。由于地面湿滑，它已经几次都要摔倒在地上了。

温暖的阳光照耀着大地，地上的积雪融化得更快了。“白围巾”的尾巴已经耷拉下来了。通常情况下，狐狸奔跑时是摇摆着尾巴的，只有在筋疲力尽的时候，狐狸的尾巴才会耷拉下来。

“白围巾”不敢有一丝懈怠，仍然在泥泞的道路上拼命奔跑，终于来到了河边。

山上的积雪也融化了，雪水汇集到了河中，引发河水暴涨，也打湿了河上搭建的圆木桥。

“白围巾”爬上圆木桥，想逃到对岸去。可是没走几步，就脚下一滑，“扑通”一声坠入冰冷的河水中。湍急的河水裹挟着“白围巾”冲向下游。

“白围巾”在水中奋力挣扎，拼命向岸边游动。它的全身都被河水浸湿了，这让它的每一个动作都无比沉重。

最终，它成功游上了岸边，赶紧大声呼救起来。

差不多是同时，它就收到了回应。没错，正是多米诺用短促、尖厉的声音给它回应的。

浑身充满力量的多米诺像是一阵风一样，很快就出现在了“白围巾”的面前。

看到“白围巾”，多米诺马上就明白了妻子的处境。它没做停留，向前跑了大概八百米，然后又跑回来，这样可以弄乱“白围巾”留下的足迹。

猎犬们的叫声越来越近了。它们的叫声一点点宣示了它们和多米诺之间距离的缩短过程，先是三百米，再是两百米，接着是一百五十米……

“汪！汪！汪！”

猎犬们已经发现了多米诺，它们不再通过嗅觉到处寻找“白围巾”的气味。眼前就是目标，何必再嗅气味！

眼看猎犬们就扑上来了，多米诺腾空而起，快速逃离了河岸。

很明显，多米诺这是在以自己为诱饵，阻止猎犬们对“白围巾”的追捕。

多米诺一路飞驰，横穿了原野。猎犬们在后面拼命追赶。

“砰！”

一声枪响，多米诺顿感肚子火辣辣的。它总算明白，这次人类也出动了！

多米诺忍着剧痛一口气跑出去五公里，接着又跑了十公里。

在奔跑的过程中，它遇到了一个铁路岔口。在又跑了将近两公里后，它悄悄折了回来，向别的铁路线路跑去了。

如此一来，多米诺就可以松口气了。猎犬们循着多米诺的气味追出去刚才的那两公里后，就不知道该往哪儿追了。猎犬们只好垂头丧气地放弃了追赶。

怎么又是库洛

不知不觉，多米诺来到一片陌生的土地。这里距它的领地很远，不过它为了尽快见到“白围巾”，决定千方百计地尽快返回去。

肚子上的疼痛一阵强似一阵，体力也早已耗尽了。多米诺之前在自己的领地藏了食物，这些食物就是为了用在这样的紧要关头。它现在必须赶回自己的领地，找到这些食物，才能有力气撑过这一关。

然而，就在这时，多米诺突然听到身后传来了猎犬的叫声。

多米诺大吃一惊，急忙回头朝对面的山丘望去。这一看不得了，它几乎就要吓死过去了。

有大概三十多只猎犬正大呼小叫，争先恐后地爬上山丘。看来，它们是嗅到了多米诺的踪迹。刚才就那三四只猎犬追逐，多米诺都已经吃不消了，如今，居然一下子出现了三十多只。更可怕的是，猎犬的后面还紧紧跟着十来个手提猎枪的人。

多米诺顾不得害怕，马上拔腿就跑。它其实已经精疲力竭了，但却没有其他选择，只有硬着头皮咬紧牙关，继续向着前面一无所知的土地逃去。

多米诺只是一个劲儿地奔跑，越过一道沟又一道坎，翻过一道山梁又一座山丘，直到最后，它彻底没了力气。

在太阳的照射下，积雪还在不断地融化。大地上已经没有一块干净的土地，到处是泥泞不堪。多米诺跑了这么久，身上早已是遍体污泥。

多米诺焦急地盼着天能尽快黑下来。只有到了晚上，气温才会降下来，河水才会重新结冰。那样的话，多米诺就可以引诱猎犬跑到冰面上，之后薄薄的冰层可以帮助多米诺逃脱。

事实上，猎犬们也都已经累坏了，猎人们也好不到哪里去，逐渐放慢了追逐的步伐。剩下继续顽强地追逐的人是一个高个子少年。他其实就是阿普。阿普已经长大成人，不再像从前那么瘦小了。

阿普追了很久之后，才意识到这些猎犬正在追逐的就是人们常说的“大山的银狐”。

多米诺尽管侧腹疼痛，呼吸急促，却不敢停下来，只能用很慢的速度坚持往前挪动。

过了一会儿，多米诺来到一户农家的庭院门口，它一下子就钻了进去。这时，有个小姑娘正站在这个庭院门口，而她恰巧就是之前和多米诺打过两次照面的小姑娘。

多米诺扑倒在小姑娘的脚下，趴在地上一动不动。

它见到这个小姑娘怎么就会做出这样的举动呢？多米诺自己也不清楚。或许冥冥之中，是上天安排小姑娘来搭救多米诺的吧。

看到狐狸身后那群穷追不舍的猎犬，小姑娘赶紧把多米诺领到家中，然后一把关上了房门和窗户。

猎犬们很快就追了过来，围拢在这座房子窗前，你呼我喊，众声喧哗，乱作一团。接着，猎人们赶来了。

“交出我们的狐狸！”猎人们嚷道。

小姑娘的爸爸则从房子里走出来，一口回绝道：

“狐狸跑进了我家，就是我的了！”

猎人们都不干了，开始和小姑娘的爸爸据理力争。小姑娘的爸爸气势慢慢弱了下去。小姑娘执意要爸爸给这只狐狸提供庇护，爸爸却很无奈地走开了。他心里清楚，为了这只浑身是泥的狐狸，去得罪这些人多势众的乡邻并不是一件划算的事情。

外面的猎人提出了新的条件：

“我们各让一步。你们放出这只狐狸，我们让它跑出四百米，再放猎犬去追，怎么样？”

“这不公平！你们这样会杀了我的狐狸！”小姑娘一百个不同意。然而，她的爸爸接受了这个条件。门打开了，狐狸一溜烟儿跑了出去。

多米诺再次踏上了雪地的亡命之旅。

不过，好在刚才短暂地休整，多米诺的体力得到了一些恢复。它迅速绕过山脚，越过山丘，跑下山腰，最终成功返回自己无比熟悉的领地。

多米诺一边跑，一边心里稍稍松了口气，却不料又听到一只猎犬的叫声。这只猎犬朝着多米诺追了过来。

竟然又是库洛！

多米诺经历了九死一生，甩掉那三十只猎犬的追逐之后，总算回到了自己的领地，可还没等它喘口气，又遭遇了大麻烦：库洛这个该死的浑蛋居然在这时候出现了！

那三十只猎犬还在后面很远的地方，而库洛带来的危险却近在咫尺。

经过这么长时间的奔跑，多米诺的脚掌心早已磨出了血泡，然而库洛的出现告诉它，危急的情况不容它停留片刻。它起初还打算引着库洛再去悬崖上那条羊肠小道，或许能在那里甩掉库洛。然而，库洛迫近的脚步声和凶悍的吼叫声让它打消了这个念头。它决定掉头往河边跑去。

夕阳西下，河面上洒满了太阳的余晖，波光粼粼之间漂浮着一坨坨巨大的冰块。

库洛的叫声越发逼近了。河面的宽度远远超出了多米诺跳跃的范围，它只能靠渡河来逃命了。

多米诺瞅着一块漂过来的冰块，跳了上去，接着又跳到了另一块冰块上，接二连三又跳了几下。最后，它跳上了一块距离河岸最远的冰块。这块冰块摇摇晃晃，托着多米诺顺流而下。

站在岸边的库洛仍没有放弃追逐多米诺的打算，跟着多米诺也跳上了冰块。这块冰块无法承载硕大的库洛，冰块在河水中剧烈颠簸，库洛也顺流而下了。

此时，多米诺和库洛都趴在冰块上一动不动，谁也没法再做出攻击或防守的动作，两双眼睛都紧张地盯着前方突然出现的大瀑布。

阿普也来到了河岸边。

多米诺脚下的冰块慢慢漂向了岸边，而库洛的冰块却朝着水中央漂去。

那群猎犬也陆陆续续抵达岸边。不过，它们都只看到多米诺和库洛在河湾处消失前的最后一道身影。接着，所有的人和所有的猎犬都听到了一声惨叫，听上去那显然是库洛的声音……

醉人的六月

六月份在不知不觉中到来了。山谷里景色迷人，森林里的动物们享受着大自然的恩赐。

这天，两个年轻的恋人出现在宁静美丽的山谷小路上。他们手挽着手，悠闲地散步。男孩子身材魁梧，个子很高；女孩子长着一双会说话的蓝眼睛。

两个人一起登上小山冈，并肩站立，共同欣赏着落日余晖。

他们一言不发，四周万籁俱寂。

一只狐狸这时悄无声息地出现在开满鲜花的山坡上。它似乎不惧怕这两个人，嘴里还发出轻柔的叫声。

过了一会儿，一只只可爱的小狐狸跟着它们的妈妈不知道从哪儿冒了出来。

狐狸妈妈的脖子上长着白色卷毛，就像是围了一条白围巾。

狐狸妈妈在温柔地照看自己的孩子们的同时，还不忘观察着周围的环境。

似乎是有什么东西在草丛里活动。很快，一只黑色的动物跑了出来。这只动物通体黝黑，嘴里叼着猎物。

男孩子目不转睛地盯着这只黑狐狸，过了一会儿，他兴奋地说：

“就是它！最后还是它赢了！”

女孩子也很兴奋：

“天哪！这是我的狐狸！”

没错，黑狐狸就是多米诺，狐狸妈妈就是“白围巾”。

三年前的那个夏天，猎犬库洛脚下的冰块漂到了水中央，在河湾处被激流推下了大瀑布，库洛就这样被淹死了。而多米诺乘坐的冰块则被激流冲到了岸边的岩石上，就在冰块和岩石相撞的瞬间，多米诺迅速跳进水里，最后顺利游到岸边，侥幸活了下来。

大难不死的多米诺，又可以和“白围巾”过着平静而又幸福的生活了。

此刻，晚霞铺满了整个天空，越过西边的崇山峻岭，尽情地洒在这对恋人的脸上。

看着银狐一家的幸福生活，这对恋人彼此爱慕的感情就像火山爆发一般，更加强烈了。

知识拓展

大耳狐是狐狸吗？

外表与狐狸很像、有着大大的耳朵且名字中也包含“狐”字的大耳狐却不是狐狸。它属于犬科，但单成一属（大耳狐属），是一种较为原始的动物，身上具有多种犬科动物的特征。

03

出发！去追踪狐狸

扫描二维码
听导读

雪地里的黑蛇

我在曼尼托巴的时候正好下了一场大雪，当时我打算做一次长期的追踪解读行程。

此前的一天，我跟踪一只狐狸的足迹，跟了有三四公里，却没有什么大的收获。我只得到以下信息：这只狐狸选择在上风口行走，一边走，一边四处嗅着雪地上的木棒、树枝乃至凸起物。它曾以最快的速度追赶一只白色野兔，而在这只野兔跑进它的老巢——矮小的灌木丛后，狐狸只好无功而返。

今天早上，我又开始追踪另外一只狐狸留下的足迹。两天前，这里下了一场大暴雪，下的是干燥呈粉状的雪花。如果狐狸踩在这样的雪花上，在脚掌抬起时会有雪花粉末撒到脚印上。脚指头和脚掌留在雪地上的痕迹变得模糊不清，只能看到一个大概凹陷的形状。这给追踪带来了很大的困难。

我内心十分确定：地上这一溜足迹是狐狸留下来的。这些小的脚印不可能是北美草原狼的。在这一带，还有两种动物可能踩出这样的脚印：一种是体格较大的家猫，另一种则是体格小一些的看家狗。狐狸和家猫的脚掌都很柔软，不过狐狸的脚掌比家猫的要更宽阔一些。狐狸的步态同家猫差不多，足迹都显得很狭窄。可以这么说，狐狸在行走时也是呈现一条直线。这样的足迹传达出的信息就是这种动物反应敏捷。与此相反，像獾那样的动物有着宽大展开的足迹，这里传达出来的信息则是：第一，它有一个宽广的肺部；第二，它行动迟缓。

这一带没有人烟，所以可以排除家猫的可能性了。此外，我还注意到一些地方显示爪子轻轻擦过雪地，留下两道长长的线。雪地上的脚印排成一条直线，可以测出一步的距离有三十五厘米，而家猫很少能一步迈出二十五厘米的。因此，这就足以排除家猫的可能性了。

现在可以断定，如果说这是一只狗留下的足迹，或许还有可能，但绝不会是猫的。

很快，我得出了另一个结论：这不可能是狗的足迹。其一，这些足迹几乎是一道直线，而胸部更宽的狗走不出这样的步子；其二，狗走路有脚趾拖拉的特征，而这个足迹没有这样的痕迹。

还有一个特征可以排除其他各种说法，最终认定这就是狐狸留下的足迹。那就是从足迹上可以看到，狐狸那条粗大而轻柔、下垂的尾巴在雪地上留下了略浅的痕迹。正像谚语所说的那样，狐狸总要露出它的尾巴的。即便它有时走上五十步可以不露痕迹，但接下来它的尾巴很可能持续地扫过雪堆。

由此，我已经确定：这个足迹一定是狐狸留下来的。

接下来的问题是它要去哪里？要去干什么？现在，我还答不上来这些问题，需要继续追踪才能知道。

过了一会儿，狐狸的脚印消失了。几乎是同时，我又发现了几个模糊的爪子记号。在一棵粗大的树下，我看到一块积雪很少的地

风
A
B
省略沼泽和3.2公里
D
Z
E
C
F
G
X
狐狸生活的记录
曼尼托巴 卡伯里
欧内斯特·西顿 1882年11月19日

方有清晰的脚印。狐狸在冰层上走过后，常常会留下模糊的爪痕。我将周围的雪花粉末轻轻吹掉，就找到了这只狐狸爪子挤压冰层而产生的痕迹。

截至目前，我追踪这只狐狸已经走出了将近两公里，却没发现有什么事情发生。我在想是不是应该换个思路，从狐狸的嗅觉出发做一下考察。

我跟着足迹来到一个狭长的陡峭山谷，可以看出来狐狸是从这里下到山谷中的。在快下到谷底的时候，我从足迹推断出这样的场景：它绕到右边，以“Z”字形的路线慢慢地走到上风处。这条路线上脚印距离不长，从四五英尺最后缩短到零，最后停在一个出口处（A处）。狐狸从洞里拉出来一只没什么危害的袜带蛇。很显然，这条可怜的蛇正在洞中冬眠，本来打算这样蜷缩着睡过整个冬天。袜带蛇的脊柱被狐狸强而有力的犬齿一口切断了，这条蛇在睡梦中就丢了性命。狐狸咬死袜带蛇后，将它随手丢弃在旷野的雪地上（B处）。令人倍感费解的是，狐狸一口都没有吃这条蛇，只是杀了它，然后继续自己的旅程。

既然它不想吃这条蛇，为什么还要杀死它呢？我搞不清楚。

此前，我以为只有人类才会做出这种野蛮的暴行。而今天的发现令我很震惊，这只狐狸居然也会做出这样的罪恶举动。我经过它的足迹的时候，可以看到这条死蛇孤零零地躺在地上。

狐狸接下来的脚印杂乱无章，可以想见，它多次驻足、迂回转弯。之后，我跟着足迹来到一片很大的沼泽地。不用说，要在平时，这片沼泽一定生活着很多肥硕味美的老鼠。然而，狐狸在这片冰天雪地中却一无所获。

又往前走了一段，视野变得开阔起来。前方的不远处是一片树林。走过树林之后，可以看到沼泽在这里延展出一片浅滩，浅滩上覆盖着厚厚的积雪。

选择：鸡还是蛇

曼尼托巴的冬天并不可爱，更谈不上温柔。冰霜和大雪早早就降临这里，经常会持续肆虐到来年的春天。其间这里的气温很低，几个星期保持在零摄氏度左右，也可能一下子剧降到零下三四十摄氏度。有时候，恐怖的暴风雪还会袭击这里。

暴风雪有很大的杀伤力。对于那些暴露在草原上的野生动物来说，它们深有体会。因此，在暴风雪席卷这里的时候，就连最巨大、最强壮的动物都会赶紧找好避难所，否则唯一的下场就是死亡。

牧场里的鸡和松鸡在很久以前，就学会了怎样躲避暴风雪。它们的庇护所就是雪屋，这个习惯和因纽特人一样。

在夜幕伴着恐怖的暴风雪一同降临的时候，这些鸡不敢再找开阔平原上的雪堆过夜，因为那样将无法避开狂风暴雪的吹打。它们往往在树林边缘的地方，寻找高大的树木。高大的树木上四处分散的树枝能够帮助承受一部分风雪，这样雪就不会大量堆积了。这些鸡把身子深埋到雪堆里，就算是找好了藏身之处（C处）。

狂风过后，一切都变了模样，积雪也堆得像洞穴一样高，而躲在雪中的鸡们则安然无恙。它们一直等到天明、雪停才会出来。不过，这期间如果有敌人经过这里，嗅到它们的气味，可就麻烦了。敌人在它们逃走之前，可以轻而易举地抓住它们。

显然，我正在跟踪的狐狸无比熟悉松鸡的这个习性。这个狡猾而凶残的家伙走到了树林的边缘，它那缩短的脚步似乎在说：“我发现了一个好地方。”

狐狸在D处停住了脚步。它从风中传递的信息获知猎物就在附近，于是驻足原地，踮起脚尖。我可以从它活动的记录（Z处）读出这些动作来。狐狸留下的小记号并不是完整的脚印，而只是脚尖的印迹。看来，狐狸还在踮起脚尖，在风中四处探寻它所需要的气味。

从E处到F处，就是一段步伐频繁缩短并最终停在那里的过程。很显然，风还在吹，而且持续不断地给狐狸传递信息。它在F处逗留了好一阵子，双脚也放回地上，我想它应该已经确定猎物就在这里。

雪地上的痕迹告诉了我这一切。

终于到了最激动人心的时刻。狐狸径直朝着散发出气味的地方走去，并尽可能保持小心和谨慎。它无比清楚，只有保证每一步都不踏错，它才有机会赢得这次捕猎行动的胜利。在G处，我看到狐狸两只后脚留下的深深印迹。从这里可以看出，狐狸从这里朝着面前的雪堆跳了过去。两只在雪堆下熟睡的松鸡被惊醒了。它们试图起身逃窜，拼命扇动着翅膀，嘴里还一个劲儿地咕咕直叫。

可是，其中一只松鸡的行动慢了半拍，跳起的狐狸在空中扑到了它的身上。它们一起掉入了X处的雪堆中。对狐狸来说，在食物充足的季节能吃到一只松鸡，都可以算得上是一顿美味大餐，更何况在这个严寒无比的冬日！

这绝对是令它无法想象的味觉盛宴了！

至此，我终于明白狐狸此前杀死那条袜带蛇的原因了。蛇不是什么好吃的食物，尤其在这寒冷的天气里，正在冬眠的蛇差不多是同样寒冷的食物。狐狸没准儿也是这样想的，所以，在吃这条蛇之前，它还想试一试其他机会。不过，它要杀死这条蛇，这样就不用担心蛇中途醒来跑掉，让它做一个备份食物就好了。万一接下来捕猎失败，狐狸大不了再回来吃掉它就是了。狐狸心里清楚这条死蛇根本算不上什么美味，也就不担心其他动物会偷走它了。

我们知道，它最后没必要再回去吃蛇了。它通过自己的耐心和努力，最终用一只美味温热的松鸡犒劳了自己的肠胃，而不是那条冰冷难吃的袜带蛇。

就这样，我仅仅通过追踪一只狐狸在雪地上留下的足迹，得到了这个惊心动魄的狐狸故事。尽管我并没有目睹这只狐狸和它捕猎的过程，然而我心里清楚，当然了，你们也清楚：

这个故事绝非虚构。

知识拓展

世界上最小的狐狸是哪种？

耳廓狐是世界上最小的狐狸种类，个头比家猫还小。它们生活在荒漠地带，以小虫、蜥蜴等为食。与其他狐狸不同的是，耳廓狐是群居动物，通常10只左右为一群。

04

北极狐的传奇故事

扫描二维码
听导读

卡图库的叫声

北极海洋中有一个小岛，岛上有一座全是悬崖峭壁的高山。这座高山是鸟儿们绝佳的栖息地。白天，很多白色海鸥在海边自由地翱翔，饿了就直接从这片物产丰富的海洋中捕捞小鱼小虾来吃。这座岛上还有很多一般人都叫不上名字的鸟儿。

岛上的这座大山巍峨挺立，站在山顶极目远眺，就会发现海天一线，无法区分哪里是海，哪里是天，这里也找不到人类和轮船的任何踪迹。

这里的冬天是最美好的季节。隆冬时节，万里冰封，整个小岛都被皑皑积雪覆盖成了白色的世界，只有到了这里，才能感受到什么是真正的银装素裹。

冬去春来，小岛渐渐地褪掉了外面那层素衣，一点点露出了黑色的肌肤，这才是它原本的面貌。万物复苏，芳草吐蕊，大地母亲孕育出一派生机盎然。

夕阳西下，海鸟们纷纷归巢，结束了一天的喧嚣。海边残阳如血慢慢消逝，随之而来的是夜幕的降临。此时，只要你用心聆听，就可以听到一阵阵微弱且不怎么动听的叫声从遥远的天际似有还无地传递过来：

咕噜噜——

呜嘎嘎——

咕噜噜——

嘎咕噜——

在夕阳斜晖的海岸悬崖下，你是听不到这种声音的。这种声音同那些海鸟发出的千奇百怪的叫声也截然不同。事实上，这种叫声是从不同的方向不同的地方传过来的。

听到这种声音，富有经验的老猎人会告诉你："这是一头叫唤着的野兽，可不是什么海鸟的叫声。"

它其实是北极狐发出的声音。北极狐是一种很有灵性的动物，活跃在森林和大山之间。它们是海鸥和北极鼠的天敌，因此后两者对它们的叫声非常熟悉。一旦听到这种声音，海鸥和北极鼠都会提心吊胆，大气也不敢喘。

现在，这只正在叫唤的北极狐名叫卡图库。

卡图库往往在傍晚或是清晨发出这样的大声叫喊。它唱的是只属于它们北极狐的"春天圆舞曲"，因为它思春了。

北极狐的毛色是名副其实的白色，就像北极的雪那样白。白天，当它站在裸露的岩石上，它的身子经蓝天白云的照耀，会显得耀眼夺目。不过，这种美景转瞬即逝，因为北极狐移动的速度特别快。它一个转身，就会从眼前消失，很快与雪白的世界融为一体。

已经是五月份了，北极地区依然非常寒冷。卡

北极狐

北极狐生活在北极圈，冬天其皮毛为漂亮的白色，夏天则成为灰黑色。北极狐主要以旅鼠为食，捕猎时会猛一下抬起前腿再向下使劲儿一跃，将旅鼠洞弄塌，从而将旅鼠一网打尽。

图库仰着脖子伸向天空，再次高亢地唱起它的“春天圆舞曲”。

只要到了发情季节，这首“春天圆舞曲”就成了所有恋爱的北极狐必唱的曲目。

夜幕降临，寒风凛冽，卡图库仍旧无拘无束地驰骋在这个漆黑的岛上。此时欢唱这首歌曲是它心中唯一的念头。

大自然母亲抚育了万物众生。这位伟大的母亲曾教导卡图库：“在你心中的郁闷无以排遣的时候，你就尽情歌唱，像现在这样大声叫喊出来。不管你去了哪里，凡是你经过的地方，都要留下你自己的气息。”

其实，卡图库之前根本不知道情歌是什么，现在也不清楚自己的叫声就是情歌，它只是单纯地感受到了自己的那份心情。它特别渴望把自己的这份心情传达给这个世界和其他同类：

“我现在还是单身！我很孤独、很寂寞！我真想找个伴儿啊！”

每年一到五月份，北极地区的白天就会慢慢变长，海边冰层也开始融化，沙滩一点点露了出来。卡图库的美食选项多了起来，它可以捕捉鱼虾、北极鼠或者海鸟。然而，它此刻正处于发情时期，心头的寂寞萦绕徘徊，挥之不去，使它根本感觉不到食物的鲜美。

卡图库一感到寂寞，就反复吟唱那首并不动听的歌曲。在唱歌的同时，它也没忘记在附近的石头和裸露的岩石上留下自己的气味和尿液。唱歌和留下自己的气息是它仅能做的表达此刻复杂而又煎熬心情的途径。

可是，它该不会就这么唱一辈子单身情歌吧？什么时候才是个头呢？

情敌的决斗

事实证明，卡图库的担忧是杞人忧天，因为大自然母亲已经提前安排好了它的命运。

第七天的夜晚，卡图库继续像往常那样唱着情歌，一边唱还一边转着圈。就在这时，不远处传来一阵高亢的叫声。

卡图库瞬间就明白了这种特别叫声的含义。

北极狐都有一只灵敏发达的鼻子，卡图库也不例外。它并没有浪费这份天赋，抽动了几下鼻子，嗅一嗅空气中的气息。突然，它的两眼放光，发了疯似的朝着那个发出声音的地方跑了过去。它一口气就跑了两公里，丝毫不觉得疲倦。

很快，卡图库找到了发出声音的源头。

卡图库的视力也格外发达，在夜间仍然可以看得很远。它观察着前方山丘上斜坡的动静。这时，一只白色的动物闯入了它的视线。卡图库不假思索就向那个白色身影追去。

在跑动过程中，卡图库又嗅到了空气中的另外一种气息。它发现，另一只白色动物不知道什么时候从附近跑了出来。原来这里有两只北极狐，一只是雌的，另一只是雄的。

不过，卡图库并未因此沮丧不已。它宽慰自己道："没准儿这只白色的雌狐狸听过我唱歌，没准儿它刚才的叫声就是在回应我的歌声。它似乎并不讨厌我，这就好办了。可是，那只雄狐狸和雌狐狸是什么关系？看上去我没有那个家伙强壮。我该怎么办才好？"

卡图库思索片刻，然后爬上一个小土丘，叉开双腿，摆好姿势，又唱起了那首情歌。作为卡图库的情敌，那只雄狐狸也毫不示弱，同样找了一处高地，感情充沛地唱起了同一首情歌。

而那只雌狐狸却不为所动，兀自躲在树影下，来回摆动自己漂亮的尾巴。

由于还没搞明白对方和雌狐狸的关系，这两只雄狐狸都撑着身体向后退了几步。如果雌狐狸是其中一方的妻子，那么它会跑到这只雄狐狸的身旁。既然这只美丽的雌狐狸并没有选边站，而只是摆出一副事不关己的态度，那就说明它还没有相中谁，卡图库和那只雄狐狸都还有机会。

它们心里清楚，决斗肯定是避免不了了。卡图库向对方逼近了几步，在相距五米的地方停了下来。这两只雄狐狸龇牙咧嘴，怒目而视。风会将它们身上的气息传达给对方，对方就可以自己衡量一下敌我双方的实力差距。

双方的对峙仍然僵持着。不久，它们都失去了继续对峙下去的耐心，直挺挺地竖起尾巴，嘴里发出恐怖的低吼声，向着对方发起了进攻。它们先是撞到了一起，然后开始互相撕咬对方的脖子。几番下来，卡图库就占了上风。那只雄狐狸显然不是卡图库的对手，被卡图库撞倒在地。不过，那只雄狐狸并没有就此放弃，迅速从地上爬起来，再次和卡图库扭打在一起。然而，它再次被打倒在地。

决斗已经到了第三个回合，雄狐狸连连败北。雄狐狸眼见确实不是卡图库的对手，只好从地上翻身起来，悻悻而去。卡图库宣告决斗胜利！

不过，这只雪白的雌狐狸似乎并不在意决斗结果，仍然站在树荫下，继续不紧不慢地摆动着尾巴。

瞧了一眼对手离开的背影，卡图库马上转身来找雌狐狸。可是，雌狐狸非但没有上前迎接，反而绝尘而去。

见此情景，卡图库迅速追了上去。雌狐狸却丝毫不领情，回头对卡图库做出并不友善的龇牙动作。

面对雌狐狸的一脸凶相，卡图库不免有些忌惮，但绝不会因此而放弃。雌狐狸往前跑，它就在后面紧紧追赶。雌狐狸停下来回头冲它龇牙，它也赶紧停下来。

就这样，你追我赶，走走停停，三番五次之后，雌狐狸不再逃跑，趴在地上一动不动。不过，它仍然拒绝卡图库的靠近。一旦卡图库越过雷池半步，雌狐狸就会眼露凶光，嘴里发生低沉的嘶吼声。它似乎在警告卡图库："离我远点儿！如果你再靠近，我就给你好看！"

卡图库无可奈何，只好守候在不远处，等待雌狐狸的回心转意。这时，卡图库发现那只斗败的雄狐狸居然又返回来了。

这下卡图库产生了危机感，它深感必须尽快让这只雌狐狸爱上自己，否则情敌还可能将自己心爱的情人给撬走了。

想到这儿，卡图库再次向雌狐狸靠了过去。这次雌狐狸嘴里发出的声音已经没有先前那么凶了。卡图库没敢再向前进一步，顺势在原地趴了下来。雌狐狸却往后挪动着身体，最后在两块岩石前停了下来。这两块岩石挡住了它继续后退的道路。

卡图库觉得雌狐狸这下没法再拒绝它了。

它便再次向前靠近，哪知道刚一挪动脚步，雌狐狸又摆出了之前的那副凶相。

卡图库别无他法，只好退了回去，重新趴在地上，耐心等待机会的到来。

相恋

这下恋爱也陷入了僵局。

雌狐狸和卡图库四目相对，谁也没有采取下一步行动。

这时，一阵“咔嚓、咔嚓”的声响从附近的草丛中传了出来。原来那是一只北极鼠，转眼间它从草丛里钻了出来。

卡图库眼疾手快，一脚就将北极鼠踩住了，紧接着张嘴咬死了它。卡图库叼起战利品，向雌狐狸走去。

卡图库把这个礼物放在雌狐狸的脚下，不时地用眼睛瞥着雌狐狸的反应。

雌狐狸望着眼前的美食，犹豫不决。看来它需要做出决定了。

“我要不要接受这个礼物呢？”

雌狐狸想了一会儿，皱着鼻子来回嗅着这只北极鼠，最后还是忍不住一口一口吃掉了它。

看来雌狐狸终于接受卡图库了。当卡图库再次靠近它的时候，它没有像之前那样躲开，态度温柔了很多。卡图库终于赢得了这只漂亮的雌狐狸的芳心，和它结成了一对恩爱的夫妻。

卡图库的妻子，就是这只雌狐狸，我们叫它瑞格。

这对小夫妻新婚宴尔，幸福甜蜜。它们一起出猎，一起游玩儿，每天快乐地生活在一起。等终于玩儿够的时候，它们开始考虑要找个合适的地方作为它们的家。

卡图库觉得在悬崖上生活觅食容易，便主张在那里寻找。这个主意遭到了瑞格的反对。

狐狸的天性决定了瑞格和卡图库自觉去挖出一个洞来。第二天，之前坚硬的冻土在太阳的暴晒下已经变得松软，瑞格和卡图库便返回这里，继续它们的挖洞作业。不过，太阳的暴晒只能解冻一部分冻土，它们没挖多久就遇到了尚未解冻的冻土层。

在接下来的日子里，瑞格夫妇每天坚持准时来挖洞。一旦挖到硬得像石头的冻土层，它们便立刻住手，一同出去打猎。

功夫不负有心人。就这样，瑞格夫妇靠着毅力最终一点点挖穿了冻土层，接下来的工作就轻松了许多。

在挖洞变得容易之后，瑞格和卡图库开始享受起挖洞过程的乐趣。在它们的不懈努力下，它们在两块岩石下挖出了一条长度超过卡图库身长五倍的长隧道，洞穴已经初具规模。

卡图库接着又在隧道上方挖了一个洞穴。这个洞穴非常宽敞，瑞格的整个身体进去后还有很大的空间。

瑞格变得暴躁

即便是在春天，像北极这样的高寒地带还残存着不少冰雪。随着气温的上升，冰面逐渐融化，露出了下面蔚蓝的海水。在月光的照射下，蓝色的海水连同漂浮的冰块迸射出奇异美妙的光芒。瑞格的性情也发生了很大的变化，变得有些不可理喻。

瑞格的第一个变化是不容易接近，就连对自己的丈夫卡图库也不例外，第二个变化是特别护食。

一天，瑞格带着一只捕杀的北极鼠从外面回来，埋在了洞穴附近。当看到卡图库向它靠近时，瑞格猛地站起来，守在埋有北极鼠的地方冲着卡图库龇牙恫吓，警告道：

“赶快远离这里！不准靠近！”

从这天开始，瑞格每天都要把抓来的猎物藏好，并且仍然拒绝卡图库靠近。瑞格藏的有些地方，连卡图库都不知道。

有一天，卡图库像往常那样跟着瑞格往洞穴里钻。可是，万万没想到，瑞格刚一进去就回过头来朝卡图库发出吼叫，似乎是在说：

“以后不准你再进来！”

看着瑞格的一脸凶相，卡图库大吃一惊。因为瑞格上一次这么凶已经是很久之前的事了，况且卡图库根本不知道自己做错了什么，瑞格要这样对自己。不过，卡图库并没有争辩，只是乖乖地服从了瑞格的要求。

卡图库忧心忡忡地看着洞穴，不知道瑞格为什么会变得这么暴躁，也不知道下一步该怎么办，只好又出去觅食了。

很多海鸟把自己的窝搭建在海边的悬崖峭壁上，雏鸟也在这个季节都陆陆续续出生了。

卡图库的拿手本领就是掏鸟窝。身手非常矫健的它每次要抓鸟巢里的雏鸟，都要先爬到悬崖上，再从崖顶跳到峭壁中间的鸟巢里，快速叼起鸟巢里的雏鸟，飞快跳回地面。其实这一连串的动作难度系数很高，不过卡图库从来没有失手过。

卡图库叼着一堆雏鸟来到洞口，然后小心翼翼地朝洞里轻声呼唤瑞格。它试着挪动一下猎物，希望这些猎物能离洞口再近一些。突然，瑞格那暴躁的吼叫声从洞穴深处传了出来。

卡图库被吓了一跳，赶忙放下猎物，匆匆离去。

卡图库原以为瑞格会马上吃掉自己送来的雏鸟。然而晚上它再去的时候，发现那堆猎物仍是原封不动的状态，这让它颇为沮丧。第二天，它又惊奇地发现那些雏鸟不见了。看到妻子接受了自己送来的礼物，卡图库的心情瞬间变得大好。

瑞格现在的情绪仍然不太稳定，不过已经开始接受卡图库送来的食物。卡图库每天都兴冲冲地出去捕猎，然后将捕获的猎物放在洞口，等着瑞格出来吃个精光。

可是，卡图库还是很困惑和不解，那就是瑞格为什么要躲着它呢。卡图库已经很久没有见过瑞格了。

时间来到了六月末，北极地区也进入了白昼时节。

这天，卡图库叼着一只抓到的兔子回到洞穴，正好看到瑞格在洞外晒太阳。

卡图库赶紧殷勤地将兔子递过去，不过瑞格并不理会卡图库的示好，而是转身回了洞穴。

看到瑞格回了洞中，卡图库也想试探一下，便忐忑不安地叼着兔子把脑袋伸进了洞里。令它感到意外的是，这次预料中暴跳如雷的吼叫声并没有出现，看来瑞格的情绪已经好转了不少。卡图库稍稍放下心来，尾随瑞格进入洞中。突然，卡图库听到一阵阵微弱的呼唤声从洞穴的黑暗深处传了过来。

一瞬间，卡图库彻底明白了。这些天洞穴里面发生了什么？瑞格的情绪为什么会变得暴躁？卡图库这些天以来心中一连串的困惑终于在听到这些声音后有了答案。

原来，它已经是一群小狐狸的爸爸了。

机智的卡图库

卡图库重新被瑞格接纳回洞中的时候，孩子们都已经可以睁开眼睛了。

从那个晚上开始，卡图库又可以和妻子瑞格一起在洞中生活了，当然也包括这些刚出生不久的小家伙。如果瑞格出去晒太阳或是散步，就由卡图库负责留在洞中照看这些小家伙。

在这座看似荒芜的海岛上，生活着很多对狐狸并不构成威胁的海鸟，但卡图库一家并不认为这是个理想的生活居所。

因为岛上不只有美食，还有狐狸的各种天敌。北极狐的天敌之一有居住在山里的白狼。除此之外，还有让卡图库感到害怕的狼獾。

北极熊同样是狐狸们害怕的天敌。有一只名叫纳伊夫的北极熊会经常从海上游过来。只要纳伊夫一出现，这座岛上的鸟巢会被统统夷为平地。纳伊夫就连搁浅在海边的鲸鱼都敢攻击。

纳伊夫摇晃着白色的巨大身躯，像一辆装甲车一般，缓慢却又疯狂地吞噬岛上所有的食物。

岛上还生活着两三头驯鹿。这种长着大大的鹿角的驯鹿经常在山坡上的草丛里活动。它们行动非常迟缓，但却不是卡图库可以拿下的食物。与卡图库弱小的身体相比，这些驯鹿太过庞大了。驯鹿只需要一抬脚，就可以将卡图库踢飞到很远的地方。

当然，岛上也有很多动物可以作为卡图库的食物。对付不同的动物，卡图库会采用不同的技巧，因此它不必为吃饭而发愁。

卡图库最擅长的还是捕捉北极鼠。每次捕捉北极鼠之前，它会悄悄地钻到北极鼠藏身的草丛当中，然后踮着脚站立，做出四处张望的样子。只需要耐心地等上一会儿，卡图库身边茂密的草丛就会开始晃动，并发出一些声音。卡图库一跃而起，扑向那些晃动的草丛。

就这样，尽管卡图库看不到北极鼠活动的身影，但它却能保证毫无偏差地摁住北极鼠。卡图库的双脚摁住草丛的一边，然后张嘴咬住脚下的草丛，就咬断了藏在草丛里的北极鼠的喉咙。卡图库有时候也用这种方式捕捉海鸟。这座岛上有数不尽的海鸟和北极鼠。卡图库只需要找一些简单而又实用的方法，就可以轻松地捉到它们了。

不过，并不是每次捕猎都这么简单。比如说，要捉住一只兔子，所需要的智慧就多得多。

捉北极兔绝非易事，因为它们是一种眼光锐利、反应敏捷的动物。卡图库必须把握好兔子的弱点才有取胜的机会。兔子固执的性格就是它们的弱点。如果它们觉得眼前没有危险，通常就会蹲在原地不愿离开。

所以，每当卡图库看到兔子蹲在地上的时候，就会装作若无其事地从旁边走过去。在这只正在发呆的兔子面前，它不会刻意去隐藏自己的身体。

卡图库来来回回走过去，每次都假装没有看到兔子，事实上却在一点点靠近它。而这只北极兔天真地认为狐狸真的没有发现它，便继续固执地蹲在原地。

卡图库在每次经过兔子的时候，都会靠近它一些，并注意捕捉着出击的时机。一旦它感觉有把握了，便突然发起攻击，飞身扑向兔子。这时的兔子面对卡图库的迅猛攻击毫无招架之力，只好坐以待毙了。

不过这个方法也不是万能的，北极兔并不会总是这么固执，有时它也会逃跑。这对卡图库不是什么问题，它只需要灵活地改变一下捕猎方法就可以了。总之，哪只兔子只要被卡图库选中了，它就在劫难逃了。

从捕捉北极兔的过程可以充分看出卡图库的机智，不过岛上的动物成千上万，因此比卡图库聪明的动物也是不计其数，比如说雷鸟妈妈。

七月的一天，卡图库盯上了一只带着孩子们的雷鸟妈妈。

雷鸟妈妈也很快发现了危险，便立刻向孩子们发出尖厉的警告声。孩子们收到警告后马上做出反应，纷纷藏了起来。雷鸟妈妈则挑了一个显眼的位置趴了下来，并“呼哧呼哧”扇动着翅膀。卡图库误以为雷鸟妈妈受伤了，便毫不犹豫地冲向雷鸟妈妈。可是雷鸟妈妈面对卡图库一点儿都不着急，灵巧地一闪，就闪到了一边，继续扇动着一只翅膀。

卡图库眼见一击不中，便接二连三地发起攻击。而雷鸟妈妈依旧不慌不忙，每当卡图库快要扑上来的时候，都可以轻盈地躲闪到一边。聪明的雷鸟妈妈就是通过这个方法，引着卡图库一点点远离了孩子们的藏身之处。在确认孩子们已经安全后，雷鸟妈妈便突然展开双翅，直冲云霄。

卡图库眼巴巴地望着远去的雷鸟妈妈，心里大惑不解：雷鸟妈妈的一只翅膀不是受伤了吗？刚才它还飞不起来，怎么现在就跟没事一样呢？

所以说，雷鸟妈妈的智慧就是依靠伪装受伤抵抗住了卡图库的攻击。

有一天，卡图库叼着捕获的几只北极鼠回家。此时，瑞格带着孩子们正在洞口晒太阳。

爸爸的突然现身，让小家伙们有些紧张。它们急急忙忙躲到妈妈的肚子底下。卡图库并不以为意，只是将北极鼠放在了瑞格脚下。瑞格张口咬住其中一只北极鼠，肚子底下的小家伙们跟着争先恐后钻出来，都有样学样地扑向地上这一堆北极鼠。卡图库和瑞格一脸慈爱地看着这群走路还有些跌跌撞撞的孩子。

小狐狸们来到北极鼠面前，却不知道该怎么办，只是叼起北极鼠左右摆弄，一会儿扔到这边，一会儿又扔到那边。这样的小游戏逗得它们十分开心。

这其实就是小狐狸们学习捕猎的最重要的第一课。

可怕的白狼

一天，卡图库来到广阔的海边捕猎。

卡图库突然感到有种不好的感觉，好像有什么东西在不远处的草丛里盯着自己，而且它察觉到这是一只比自己大得多的动物。

卡图库没有继续前进，也开始紧盯着这头野兽。对方的后背宽阔，隆起的双肩也显得很健壮，双眼放射出亮晶晶的黄光，透露出强烈的恶意。

可以确定，这是个不好惹的家伙。卡图库顿时变得很害怕，后背的毛都竖了起来。

就在这时，那头野兽从草丛里冲了出来，向卡图库发起攻击。卡图库早已蓄势待发，见此情景掉头就跑。

袭击卡图库的野兽正是岛上可怕的白狼。要不是因为在海边，凭着长长的后腿，白狼早就抓住卡图库了。卡图库拼命地逃窜，跑得飞快，很快便把白狼远远地甩在了后面。

卡图库对自己的奔跑速度颇为自信，它决定把白狼引诱到别的地方，免得给洞中的瑞格和孩子们带来危险。

卡图库来回兜着圈子，白狼被它玩儿得团团转，然而这时瑞格却突然在附近的山丘上出现了。

瑞格还以为卡图库正在追北极兔呢，卡图库其实是为了保证全家的安全要引开敌人。当瑞格站在山丘上的那一刻，它才意识到自己的想法真是大错特错，不禁倒吸了一口凉气。

而白狼此时也发现了瑞格，便不再理会卡图库，扭头向瑞格这边跑来。

瑞格被这突如其来的变故吓到了，做出了一个愚蠢的选择，那就是开始往自己的洞里跑。

平时机智过人的瑞格不知怎么今天就犯了糊涂，竟然会把敌人带到了洞穴。白狼很快就追了过来，围着洞口转了几圈，不停地抽动鼻子嗅来嗅去，然后就开始用前爪奋力挖洞。

卡图库看到这一幕，像是热锅上的蚂蚁，急得团团转。但是，它却无计可施，只能眼睁睁地看着白狼挖自家的洞穴。要知道，面对白狼这个天敌的攻击，狐狸除了逃跑以外，别无他法。

白狼嗅到了洞中的美味，它迫不及待地想挖开洞穴，冲到洞中饱餐一顿。它疯狂地挖掘洞口的泥土，整个脑袋也把洞口堵得严严实实。洞里面到处弥漫着白狼的气息，这股可怕的气息快把狐狸母子呛晕了。

洞口的泥土非常松软，禁不住挖掘，强壮的白狼三下两下就把这些泥土给挖开了。然而，白狼却没法再前进哪怕是一寸，它被洞穴入口处的那两块大岩石挡住了去路。白狼并不甘心，来回折腾，却没有任何效果，它的脑袋正好被两块岩石卡住了。

事实证明了瑞格当初的睿智。尽管当初它和卡图库为了挖这个洞费了很多力气，而现在看来，这些付出都是值得的。

失望的白狼已经变得失去理智，它胡乱啃咬这两块恼人的岩石，而岩石依旧岿然不动。

目睹了白狼的狼狈相，卡图库也放下心来，它甚至觉得白狼在表演一场值得观看的闹剧。

白狼使出了浑身解数，却劳而无功。最后，它彻底绝望了，干瘪的肚子也一再用“咕噜噜”的声音宣告它的失败。它只好放弃了，或许去找一些容易捕捉的食物才好吧。从此以后，白狼再也没有在卡图库家的洞穴附近出现过。

六月的一个早上，卡图库来到海边。一向强劲的海风此刻都已停歇，天空湛蓝，海天一色。

几只白色的海鸥在海面上悠闲地眺望，飞起落下，来回盘旋。卡图库盯着这些海鸥，突然灵机一动，脑子里产生了一个想法。

过了一会儿，一只海鸥舒展开双翅，停在空中，然后像闪电一般冲着水中扎下去。

“啪”的一声，水花四溅，海鸥钻入了水中，没了踪影。又过了一会儿，海鸥从水中冒了出来，嘴里多了一条肥硕的鳟鱼。负重的海鸥显然没法再振翅高飞，只能费力地叼着这条还在活蹦乱跳的鳟鱼向岸边飞去。它必须尽快带着鳟鱼离开水面，否则鳟鱼可能伺机跑掉，而且自己也会有危险。

海鸥用力地拖着鳟鱼，一直拖到岸边。鳟鱼还在拼死挣扎，不停地来回扭动着身体，企图通过这种方式来挣脱海鸥。不过海鸥事实上可以放心了，因为它已经拖着鳟鱼来到了海滩上。

海鸥长舒了一口气，正要开始饱餐一顿的时候，卡图库突然冲了出来。

筋疲力尽的海鸥看到向自己扑来的北极狐，顿时被吓得惊慌失措，它不假思索地丢下嘴里的鳟鱼，忽地一下就飞向了天空。

卡图库看到计策得逞，便顺势叼起这条又肥又大的鳟鱼，躲到一个僻静的地方，开心地享受这份打劫得来的美食。

海鸥气急败坏地看着这一切，在空中不停地叫唤，表达着自己心中的愤怒。

卡图库则不管不顾，惬意地饱餐了一顿，然后叼着吃剩的鳟鱼回家了。

卡图库回到洞穴后，瑞格和小家伙们像往常那样，兴高采烈地出来迎接。这是卡图库每天最幸福的时刻。的确如此，看到自己的家人出来迎接自己，这种幸福难以言喻！

卡图库叼着鳟鱼，在洞口大声地呼唤：“孩子们，来吃最美味的食物喽！”

小狐狸们纷纷你推我搡，迫不及待地扑向卡图库。卡图库看着这群孩子，把鳟鱼高高地举起来，逗着它们玩儿。

卡图库和孩子们玩儿够了，便放下这条鳟鱼，看着小家伙们一拥而上，扑向这条鳟鱼。

一眨眼的工夫，鳟鱼就被撕成了细小的碎片，然后就被小狐狸们津津有味地吃进了肚子里。卡图库和瑞格在一旁咧着嘴巴注视着这一切，它们的眼中充盈着满满的慈爱。

扫描二维码
听导读

孩子们长大了

瑞格乳汁减少了，这意味着小狐狸们要断奶了。瑞格在生小狐狸们之前，曾把很多的北极鼠埋藏在洞穴旁边。因为地面深处的泥土仍然封冻着，所以这些北极鼠就像是被放置在冰箱里一样新鲜。

这些充足的食物可以保证卡图库、瑞格和小狐狸们都能吃得饱饱的，因此卡图库一家过着非常幸福快乐的生活。

这里的天气千变万化，有时会狂风大作，有时会暴雨骤至。卡图库一家并不会为此懊恼不已，它们感受着大自然的神奇，并开心地享受着这份神奇。

小狐狸们一点点长大了，身体都变得很强壮。它们彼此之间经常发生打斗，这种打斗从它们很小的时候就出现了。它们咬来咬去，不过并不会给对方带来什么伤害，而且这种打斗还有助于培养它们的捕食技巧。如今，它们已经长大了，牙齿也变得异常锋利，如果再像以前那样打斗的话，很容易造成误伤。

小狐狸们已经足够强大了，卡图库和瑞格感觉该让它们独立生活了。卡图库和瑞格还像以前那样一起出去捕猎，带回来很多的食物，不过它们会把猎物放到远离洞穴的草丛里，甚至还会藏到草丛里，而不像之前那样放在洞穴附近了事。卡图库和瑞格此举是为了锻炼小狐狸们寻找猎物的能力。

通过这样的训练，小狐狸们开始学会自己寻找食物，自我生存能力逐渐得到加强。

夏天就要过去了，北极狐可以抓到的猎物也多了起来，雏鸟们都出生了，北极鼠和小土拨鼠也长大了。卡图库每天出去捕猎数十次，每次都可以捉到很多肥肥胖胖的北极鼠，肚子总是被撑得鼓鼓的。

卡图库有时实在吃不下了，就把捕捉土拨鼠和北极鼠当成了一个有趣的游戏。卡图库和瑞格为了保存好食物，会把猎物埋藏在离洞穴很远的地方，这样可以防止小狐狸们发现食物所在。

卡图库和瑞格在挖洞穴埋藏食物时，每次都要挖到冻土层，因为冻土层的低温可以确保埋藏的食物不会腐烂。埋好食物之后，它们还会留下自己的气味。这些气味就是一个对其他动物发出的警告信号："下面埋藏的食物是我的，赶紧离开这里！"

时间到了九月份，岛上的植被也随着季节发生了变化。绿草渐渐变成了茶色，橘子、山莓以及其他各种植物的果实都成熟了。对卡图库和瑞格来说，这些数不胜数的果实可以用来充饥。

卡图库和瑞格仍然和小狐狸们住在一起，不过这些小狐狸已经长大了，高大的雄狐狸甚至有时候会跟自己的母亲争抢食物。

卡图库夫妇已经难以忍受小狐狸们的恣意妄为了。

好在卡图库比每一只小狐狸都要强壮，所以当小狐狸们又在胡乱打斗时，它依然可以靠自己的力量将打斗两方分开。小狐狸们打斗和卡图库拉架的场景非常热闹，就像是一家人在打架。

其实，现在已经是卡图库夫妇和孩子们告别的时候了。

九月份之前，成年北极狐的毛皮是茶色的，小狐狸们的毛皮则是带着蓝底的灰色。经过九月份的换毛，到了十月份，所有狐狸的毛皮都变成了雪白色。

卡图库一家的毛皮变成白色的时候，北极漫漫的黑夜也降临了。在黑夜中，小狐狸们和父母告别，开始了各自独立的生活，而卡图库夫妇也离开了原来的洞穴。

此后，这个曾经充满欢声笑语的洞穴便因卡图库一家的离开而被废弃了。

北极熊纳伊夫

十月底，雪花纷飞，海面冰封，雪花越来越大，冰层越来越厚，整座岛变成了一片银色的冰雪世界。北极至此正式宣告进入严寒的季节。

冰雪降临的时候，年长而又聪慧的驯鹿带领着山上的驯鹿群一起向着遥远的南方迁徙。它们刚一动身，那只曾挖过卡图库洞穴的狼就紧紧地跟了上去。卡图库至今对这只狼仍耿耿于怀。

驯鹿的庞大体形给狼的抓捕带来了巨大的麻烦。尽管如此，这只白狼还是乐此不疲地跟在驯鹿群的后面。它盘算着只要一直跟着驯鹿群，就一定能找到机会对其中年老的或生病的驯鹿下手。

如今的季节很难找到可吃的食物，既然如此，倒不如跟着这些食物走，绝对没有坏处。

往南方迁徙的不只有驯鹿，鸟儿们也纷纷行动起来，整个天空顿时变得热闹不已。鸟群昼夜不停地翱翔在北极的天空，它们共同的目的地就是南方。

频繁的迁徙活动让这里的野兽们躁动不安。驯鹿是去南方过冬，白狼则是跟着驯鹿去南方过冬。而卡图库所生活的这座岛屿到了严寒的冬季，四周的海面都会结上厚厚的冰层，岛屿与冰面融合在一起，变成了一片无边无际的陆地。

卡图库的孩子们已经可以独立生存了，不再需要父母的抚育。然而季节的变换，动物们的不断迁徙，导致它们可以捉到的猎物越来越少。它们因此也产生了向南旅行的想法。

寒冬来临之前，北极狐还可以在海边找到食物。到现在，严寒冰封了整个海面，海鸥和雷鸟早已飞往南方了。当然，也有例外，比如兔子、旱獭以及土拨鼠就留在了岛上。可是，速度飞快的兔子根本不给北极狐追上的机会，旱獭和土拨鼠则隐藏起来，开始了漫长的冬眠生活。至于北极鼠，你也休想能在皑皑积雪之下找到它们的踪迹。

所以说，不太强壮的北极狐为了生存，也必须与驯鹿一样踏上南下的征途。它们在迁徙的过程中，随时随地捕捉猎物，用来补充能量。有的狐狸迁徙的距离很远，甚至到达北极的最南端，也就是距离北极很远的哈德逊湾附近。

等到第二年春天的时候，北极狐也各有各的命运。有的会永远长眠在它们并不熟悉的南方土地上，有的好不容易幸存下来后也仍然要面对各种困难的侵袭。

卡图库和瑞格一度做出了南下的打算，然而前往遥远的南方并不是一件容易的事。它们犹豫了很多天，并且变得心神不宁。不过，最终它们还是决定留了下来。

严寒的季节，它们可以找出夏天埋藏的食物来食用，而且它们在岛上的洞穴可供遮风挡雪，这就是它们选择留下的底气所在。

不过，可惜的是，它们的食物其实只够一只狐狸吃，加上这个季节寻找食物终究是一件困难的事情，因此它们为了避免双双饿死，决定分开生活，各自独立应对大自然的挑战。

冬季恶劣的自然条件，对它们来说确实是一个巨大的挑战。好在卡图库早已学会了如何在这种艰难的环境中生存下来。

一天，北极熊纳伊夫摇晃着肥硕的身子和脑袋在地面上行走。卡图库发现了它，不明白这个大块头要去做什么，便悄无声息地跟在后面，想一探究竟。

卡图库已经很小心了，却仍然被纳伊夫发现了。愤怒的纳伊夫转身来追赶卡图库。卡图库赶忙掉头逃跑，不一会儿就把纳伊夫远远地甩在了后面。

看着纳伊夫追赶时的笨拙形象，卡图库觉得特别有趣。在纳伊夫追腻了不再追赶之后，卡图库又返身回来，继续跟踪纳伊夫。

卡图库就这样死缠烂打地跟着这个大家伙。走了一段路程，纳伊夫的举止变得有些异样，只见它轻轻地摇动脖子，张开黑黑的鼻孔，倒竖起脸颊上的毛发，两只眼睛死死地盯着对面的冰原。

对面的冰原处，有一股像河水一样的小水流在静静地流淌，看样子这部分海面还没有冰冻。纳伊夫不再行走，而是在原地欠了欠身子，高高隆起了它的后背，样子很是恐怖狰狞。

卡图库不禁被这样可怕的场景吓住了，已经作势要赶紧逃走。然而，此刻全神贯注的纳伊夫丝毫不理会卡图库的战栗，继续抽动鼻子，迈着步子向前方走去。

就在这时，美妙的气味飘进了卡图库的鼻子里，这种气味让它打消了逃走的念头，便再次跟着纳伊夫走了过去。没走多久，纳伊夫又一次停了下来，压低了身子，在地上匍匐前进。卡图库恍然大悟：原来对面没有结冰的海水里躺着一只肥肥的海狗，而纳伊夫的目标正是它。

卡图库也吃过海狗的肉，不过那是在去年春天，而且那是它在海边捡的一只死海狗。现在，北极熊马上要袭击的是一只活生生的海狗。这让卡图库激动不已，诱人的美味更是让它垂涎三尺。

纳伊夫微微晃动着爬行的身体，缓慢地向前移动，并注意保持身体隐藏在隆起的冰雪后面，不过它的所有动作却格外地敏捷。它压低的身体紧紧地贴着雪地，就像整个身子被粘到雪地上一般。

一旦海狗抬起头，纳伊夫就会停下所有的动作。海狗丝毫察觉不到不远处巨大的白色岩石，其实是一个巨大的危险。

而当海狗转动自己身体的时候，纳伊夫就紧赶慢赶往前走几步，一点点靠近了仍然浑然不觉的海狗。当海狗的脑袋转向纳伊夫这边的时候，纳伊夫又变成了一块静止的冰块。

在海狗再次转身背对着纳伊夫的时候，纳伊夫灵敏地前进几步，躲在了海狗身旁一座小雪山的后面，将身子紧紧缩成一团，安静地等待良好的出击时机。

就在突然之间，纳伊夫一跃而起，以迅雷不及掩耳之势猛地扑向海狗。海狗还没明白是怎么一回事，就被纳伊夫按在了脚下。

纳伊夫一口咬住海狗，用力将它拖出水面，然后狠狠地拍了海狗一掌，就结果了它的性命。接下来就是纳伊夫独自享用美餐的时刻。

卡图库嗅着扑鼻而来的海狗肉香味，忍不住直流口水，却无计可施。因为纳伊夫太强大了，卡图库根本不是它的对手，只能眼巴巴地看着纳伊夫如何大快朵颐。

过了一会儿，海狗的香味又不知从哪儿引来了两只大鸟。不过，它们和卡图库一样，没有能力去把海狗肉从纳伊夫口中抢过来。

很快，纳伊夫就吃饱了，便叼着吃剩的海狗大摇大摆地离开了。不过，它吃剩的骨头和内脏则散落了一地。纳伊夫刚离开，那两只大鸟便扑了上去。卡图库可不管这些，奋力跳了过来，三下五除二就赶跑了大鸟，然后也开始享用纳伊夫留下的残渣。尽管只是些残渣，还是让卡图库饱餐了一顿。

严寒的考验

天气已经变得很冷，动物们需要更多的食物来抵抗严寒。

海面上结了一层厚厚的冰，这样的话，海狗就会长时间待在冰洞里。纳伊夫无法再复制之前捕捉海狗的成功经历，也意味着卡图库没法再跟在纳伊夫后面，吃纳伊夫剩下的食物了。

对于留在北极的动物来说，它们几乎吃光了冰面上能捕捉到的所有猎物，已经没法再找到任何可以吃的食物了。真正严峻的考验时刻来了。

卡图库饥肠辘辘，因为它已经两天没有吃东西了。瑞格此刻却在距离卡图库很远的地方。

在严寒的季节里，这对夫妻最好的选择便是分开行动。如果它们继续一起捕猎，很可能在遇到没有冻透的薄冰面时，因为冰面无法承受它们两个的重量而开裂，这样的后果将非常严重。

暴风雪越发地肆虐猛烈，也给卡图库和瑞格带来了难以忍受的饥饿。而饥饿则逼迫卡图库在冰面上四处焦急地走动，来回寻找可供充饥的食物。

如今想找到食物真的不是一件容易的事情，卡图库几乎饿得眼冒金星，不过它并没有因此感到绝望。

眼前的世界只有无边无际的雪白，卡图库听着寒风在耳畔无休止地穿梭。而一旦风停歇下来，周围的世界就变得寂静无比，静得让人胆战心惊。

卡图库逆风行走，走着忽左忽右的“Z”字形路线。它在行走的同时，还在不停地抽动鼻子，捕捉寒风传递而来的信息。这些信息里既有冰层的气味，也有遥远的地方尚未结冰的海面所散发出的微弱气味，还有距离卡图库不远处岩石的气味。

此时，卡图库的目标就是那个有岩石气味的方向。卡图库走在这个空旷的银白世界里，翕动的鼻翼就像灵敏的雷达，指引着它不断校正前进的方向。卡图库的行进路线仍然是“Z”字形，不过始终指向前方一个明确的目标。

这一天，太阳刚升起来就落下去了，黑夜很快便降临了。卡图库在漆黑的夜色中猛吸了一口气，它嗅到了大量岩石的气味。这种气味是小岛上那座大山所特有的气味，因此令卡图库记忆深刻。

在卡图库转了一圈又一圈之后，它终于在这个皑皑积雪的银色世界中找到了大山。可是，整座小岛都被冰雪覆盖了，没有一丝生机。曾经在这里活跃着很多北极鼠，如今卡图库却找不到哪怕半只的影子，它所面对的就是一望无际的白雪。卡图库并没有沮丧，继续顺着嗅到的气味沿着“Z”字形前行。

月亮已经在这个北极的天空升了起来，整座大山都被它的光芒照得通亮。在洼地行走的卡图库猛烈地抽动它的鼻子，突然停了下来，似乎找到了它要找的那种气味。尽管这种气味非常微弱，但它的鼻子却敏锐地捕捉到了。

卡图库兴高采烈地跑过去，迫不及待地用前爪挖地上的积雪。积雪很快就被它挖到了一边，露出了下面的泥土。卡图库继续用力地挖，不停地挖，直到它的嘴里满是泡沫，它也丝毫没有停下来的意思。

原来夏天的时候它在这里埋藏了一些北极鼠，它闻到的气味告诉了它这些食物的藏身之处。

卡图库专心致志地挖掘泥土，整个脑袋几乎都伸进了土坑里，突然它听到了一阵可疑的声音。

这个声音吓了卡图库一跳，它顿时停下来，没再继续挖掘，并把脑袋从坑里露了出来。它的呼吸突然变得急促，因为它看到白雪皑皑的地上有个身影正朝着这边走来。它只能大概看到，这个身影全身雪白，只有眼睛和鼻子是黑色。

“啊？该不会是白狼吧？”

卡图库脑子里跳出的一个念头，便是来者不善，更何况是在这种恶劣的天气里。不过，风中飘来的气味很快就让它意识到了自己的错误，因为这是妻子瑞格的气味。

卡图库有些不相信自己的眼睛，瑞格怎么找来了呢？卡图库正在犹豫不决之际，对方已经走到了跟前，它发现果然是妻子瑞格。

在确定了来者不是敌人之后，卡图库再次将身子伸进土坑里，继续挖掘泥土，直到最后挖出来它埋藏的猎物。它正打算独自享用时，瑞格贴了过来：

“哼！”

瑞格的鼻子里不断地发出哼哼的声音，似乎在向卡图库抗议：“你不打算分给我吃一些吗？”

卡图库不停地摆动自己的尾巴，很明显是做出了道歉：“来吧，我们一起吃！”

瑞格于是也学着卡图库的样子，将脑袋伸进土坑里，一起吃起了那些北极鼠来。这个坑里埋了十多只北极鼠，足够卡图库和瑞格填饱肚子了。

饱餐之后，卡图库和瑞格再次分道扬镳。

卡图库的目标是向北走。不过，这几天艰难的觅食过程着实累坏了它。它决定在出发之前先休息一下，于是躲进一个雪堆，身体缩成一团，美美地睡了一觉。等它醒来后，便踏上了向北的路途。走着走着，它就走过了整座大山，来到了海面的冰层上。

卡图库之所以向北走，其实是想去北面的海边看一看。当它终于到达目的地的时候，太阳已经起起落落了五次之多。

猎人与狗

卡图库已经很长时间没有吃东西了，它最后一次吃的食物还是上次吃的那些储藏的北极鼠。如今，卡图库只能在忍饥挨饿的状态中辨识风中的气味。

不久，卡图库来到一个峭壁处。它趴在雪地上，仔细地观察着周围的形势。突然，转向的风给它带来了狼的气味。

这可不得了。卡图库赶紧藏身在雪堆后面一动不动。它的全身毛发都是白色的，躲在这里就可以和雪堆融为一体了，敌人很难发现它。

卡图库观察了很久，却没发现任何异常的动静。饥饿已将卡图库的精力耗尽，它全身的机能下降了很多，视力和嗅觉也没有体力充沛时那么敏锐了。

就在这时，一只灰色的动物出现在不远处的小山丘上，卡图库的心不禁提了起来：

“是狼！”

卡图库依然清晰地记着那个夏天发生的事。当时，它正是靠着躲在洞里，才侥幸从白狼口中逃生。这次还能那么幸运吗？卡图库不敢肯定。卡图库现在的体力和速度根本不足以支撑它避开狼的追捕。

卡图库不得不振作起精神，悄悄地从地上爬起来，打算尽快离开这个是非之地。

不知道走出去了多远，它听到了远方传来的哗啦啦的流水声。

它继续往前走，水流声越来越清晰，直到它眼前出现了一个巨大的裂缝，而流水声正是从这个裂缝里流动的海水发出来的。

卡图库越过这个裂缝，却又遇到了一个更大的裂缝。这个裂缝的四周都是水，水面上漂浮着很多冰块。卡图库被挡住了去路，它已经没有气力越过这个裂缝了。

刚才狼带给它的惊吓，让它突然渴望返回自己原来居住的小岛。然而，现在它却无法实现这个愿望。卡图库无计可施，只好靠着已经不太灵敏的嗅觉向西边走去。

“注意了！这里可是狼的地盘！”卡图库丝毫不敢大意，暗暗地提醒自己多加小心。

卡图库走到大岩石环绕的海峡时，一种更为强烈的气味飘入它的鼻子里，让它瞬间忘了狼的威胁。熟悉各种不同气味的卡图库，显然对这种气味不陌生，因为这是美食所散发出来的气味。

美食的气味引诱着卡图库继续向前，最后它来到一个海峡处偷偷向下俯视。

海边出现了很多白色馒头状的东西，这些“馒头”又大又圆，像是用雪做的一般。而在这些“馒头”的顶部都有一些管子，就像鲸鱼喷水那样连续不断向外吐出一股股乌黑的蒸气。

卡图库发现有很多像海狗一样的动物和双腿直立行走的大动物在“馒头”周边活动。除此之外，卡图库还看到了让它毛骨悚然的东西，那就是在“海狗”和“直立行走的动物”中间有一种像狼一样的动物走来走去。

卡图库此刻轻轻抽动鼻子，就可以嗅到由那些“狼”散发出来的浓烈气味。不过，卡图库能察觉出来这种气味其实与之前所遇到的狼的气味并不一样，卡图库说不上来是怎么一回事。

卡图库已经饥饿难耐了。它正在观察的时候，自己的胃提出了不容置疑的要求：“卡图库，快去找些吃的，我快要饿死了！”

卡图库别无选择，只好慢慢地挪动着步子，悄悄来到低洼处躲藏起来，一点点朝着散发诱人气味的地方靠过去。卡图库确实需要补充能量了，否则就没法继续生存下去。当务之急就是必须想尽办法，马上找到可口的食物。

卡图库观察了这么久，已经渐渐摸出了一些门道，比如说那些“大馒头”应该是“直立行走的动物”的洞穴。它又靠近了一些，可以清晰地看到“直立行走的动物”仍在从“大馒头”里进进出出。

卡图库悄悄地爬上了一个凸起的雪堆，接着顺着雪堆滑了下去，正好轻巧地落到“大馒头”顶部。

在“大馒头”顶部立着一根长长的木棒，而在木棒的顶端则安放着令卡图库魂牵梦绕的食物，正是这些食物散发出阵阵香味。

卡图库不知道怎样才能把这些食物取下来，便伸长身体去拽，可是就在这时，急切的“汪汪”声叫了起来。

原来下面的“狼”并非狼，而是狗。

狗的叫声吓住了卡图库，它不得不放弃拽取食物的打算，抽身逃命要紧，然而它实在没有力气了，根本就跑不起来。

还没等卡图库跑进洼地，已经有一只巨型犬追了上来。卡图库穷极无奈之下，突然做出了一个惊人的举动，只见它躺倒在地，将四肢举到空中。

卡图库的这一举动也着实把这只大狗惊住了。大狗知道卡图库这是投降了，原来它还打算一路追捕后咬死这只北极狐的，既然对方已经表示服从了，那就换个思路，便紧贴着这只北极狐，一起玩耍起来。

不过，好景不长，后面的几只狗也都追了上来。它们冲着大狗大声嚷嚷："利特，你在干吗呢？这可是只狐狸！快咬死它呀！"

同伴们齐声狂吠，声音都开始变得恐怖，刺激利特的态度也开始发生转变，之前咬死北极狐的想法重新占据了它的头脑。它这次没再犹豫，转身就张开血盆大口咬向卡图库。

卡图库见势不妙，迅速做出了反击，在利特还没咬住自己之前就一口咬住了利特的鼻子。利特痛得哇哇大叫，同时用力上下左右甩动脑袋，试图甩掉这只讨厌的北极狐。尽管卡图库死死地咬着利特，却根本敌不过这只比自己重十倍的动物。

最终，利特还是将卡图库甩了出去。而就在卡图库被甩出去的一刹那，另一只大狗也扑了上来，一口就咬住了卡图库，与此同时，其他的大狗也都加入了战斗，一起咬着卡图库四处撕扯。很快，卡图库就被撕得四分五裂。

而就在这场战斗正酣之际，那几个"直立行走的动物"都从吐着黑烟的洞穴里跑了出来。卡图库并不知道，这些动物其实是人类。人们来到近前，赶走了那些大狗，围着卡图库的尸体议论纷纷。有一个人赞叹道："别看它只是一只个头很小的狐狸，还真是勇敢！"

当然，也有人惋惜道："真是太可怜了！"

春天的召唤

卡图库死后没多久，春天就来了。山间小鸟不停地唱着欢迎春天的歌谣：

“春天来啦！春天来啦！”

每到晚上，在万籁俱寂的时刻，另一只北极狐寂寞的叫声就会从山里传出来：“卡图库，你在哪儿？”

那是卡图库妻子瑞格的召唤。可是，它却怎么也找不到卡图库给它的回应。瑞格并不知道，自己挚爱的丈夫早已惨死于大狗的攻击，以后再也无法给它回应了。

瑞格到处寻找，每到一个地方就会在路边的石头上留下自己的气味，那是它写给丈夫卡图库的情书。

一天晚上，瑞格仍像往常那样召唤卡图库。它刚一喊完，就听到风中飘来一只雄狐狸的声音。瑞格欣喜异常，马上朝着声音发出的地方跑去。然而令它遗憾的是，对方并不是卡图库。瑞格只好走开了。

咕噜噜——

咕噜噜——

一天天就这么过去了，瑞格寂寞的召唤始终回荡在月光下的山谷里和黑暗的夜空中。

月亮爬上了山冈，挂在了树梢，之后又悄无声息地沉了下去。

尽管总会有雄狐狸来回应瑞格的呼唤，瑞格每次顺着声音找过去，却无一例外地失望而返。那些都是别的雄狐狸，却根本不是它朝思暮想的丈夫卡图库。

北极狐恋爱的时节倏忽而逝。春去夏来，山里的北极鼠日渐多了起来。瑞格忙于捕捉这些猎物，然后找个恰当的地方藏起来，将来过冬就靠它们了。终日忙碌的瑞格仍然感到无比的寂寞，孤独总会不可遏制地袭来，让它无处躲藏。

丈夫卡图库的失联，令瑞格悲伤至极。

北极的夏秋两季极为短暂，接下来就是漫漫严冬了。瑞格要像往年那样，必须用心应对如何度过严冬的考验了。在岁月的匆匆流逝中，瑞格对卡图库的思念也一点点变得淡漠起来。

终于，又一个春天降临岛上。浓浓的翠绿色和各类鲜花的姹紫嫣红彻底取代了严冬的银装素裹，争奇斗艳的芳草争相展示大自然的活力与美好。春天的北极山野，是最美好的季节。

告别了冰雪世界，瑞格重新回到大山里。卡图库已经消失很久了，瑞格也不再像当初那么思念它了。

又是一个狐狸恋爱的季节。瑞格终于可以像从前那样，在晚风习习中尽情歌唱北极狐的情歌：

咕噜噜——

咕噜噜——

它在每个晚上都会重复吟唱这首歌。

这天黄昏时分，瑞格爬上了一个山头，找到了一个可以瞭望的地方。月亮也刚刚爬上山头，放射出微弱的黄光。瑞格正独自欣赏着美丽的月亮，突然无意之间听到了令它无比激动的声音：

咕噜噜——

咕噜噜——

这个声音是从遥远的地方传来的，显得十分微弱。不过，瑞格还是能辨别出这是一只非常强壮的雄狐狸发出的声音。

听着这个声音，瑞格不由自主地趴在原地。它静静地聆听着雄狐狸的歌唱，同时也觉察到歌声在一点点靠近自己。

不大一会儿，歌声就来到了瑞格的身旁。瑞格朝它回应了一声“咕噜噜”，便又重新趴到地上一动不动了。

雄狐狸看到瑞格有所回应后，马上跑了过来，不过瑞格却灵巧地躲开了。瑞格的躲避并没有使雄狐狸打退堂鼓，它又跟着叫了几声。然而，瑞格这次却没有任何回应，只是兀自摆动自己的尾巴，发出“啪啦啪啦”的响声。而这个动作与当年它和卡图库相遇时一模一样。

接着，瑞格从黑暗处走了过来，看到一只强壮的雄狐狸站在它面前。

瑞格小心翼翼地接近这只雄狐狸，围着它转了几圈，抽动鼻子嗅着对方的气味。与此同时，这只雄狐狸也做着同样的动作。它们这是在尝试着熟悉对方。

可是，当瑞格弄清楚对方的气味之后，却勃然大怒，张大嘴巴恐吓对方，似乎要将入侵者赶出自己的地盘。

看到瑞格不友善的举动，雄狐狸没有任何表示，只是知趣地跑到了不远处的小山坡上，坐了下来。

瑞格的本意是赶走雄狐狸，可是雄狐狸真的离开后，它反倒觉得百无聊赖起来。同样，雄狐狸也觉得无聊，做出一副孤独寂寞的样子。

穷极无聊的雄狐狸又开始唱它的情歌，很显然，它在召唤瑞格。

慢慢地，瑞格也开始跟着小声应和起来，“咕噜噜”的歌声成了帮它们传递彼此爱慕之情的载体。

瑞格的应和之声其实很小，却丝毫没有逃出雄狐狸敏锐的耳朵。这只雄狐狸备受鼓舞，赶忙起身，向瑞格这边跑了过来。

这一次，瑞格态度柔和了不少，不像之前那么凶了。

而雄狐狸也变得更加礼貌，它一点点靠近瑞格，一点一点，一点一点，它终于来到了瑞格的身旁。

终于，瑞格和这只雄狐狸走到了一起。其实，在这片无边无际的山林中，它们的相遇、相识直至相恋，都源自大自然这位伟大母亲的巧妙安排。

雄狐狸并不清楚瑞格的过往，瑞格也不了解对方的经历。不过，这些都不重要，它们有一点是相同的：生活在这个大自然中，只有找到自己的伴侣，才能告别孤独。

它们结成了新的伴侣，今后要共同面对大自然的种种考验，但是我们知道，它们至少不再孤单了。